UMA CASA NA PRADARIA

Laura Ingalls Wilder

Tradução
Lígia Azevedo

Principis

Publicado em acordo com a Harper Collins Children's Books,
uma divisão da Harper Collins Publishers.

© 2022 desta edição:
Ciranda Cultural Editora e Distribuidora Ltda.
Esta é uma publicação Principis, selo exclusivo da Ciranda Cultural

Título original
Little House on the Prairie

Texto
© Laura Ingalls Wilder

Editora
Michele de Souza Barbosa

Tradução
Lígia Azevedo

Revisão
Fernanda R. Braga Simon

Produção editorial
Ciranda Cultural

Diagramação
Linea Editora

Ilustração
Fendy Silva

Imagens
graphixmania/Shutterstock.com

Dados Internacionais de Catalogação na Publicação (CIP) de acordo com ISBD

W673u	Wilder, Laura Ingalls.
	Uma casa na pradaria / Laura Ingalls Wilder; traduzido por: Lígia Azevedo. - Jandira, SP : Principis, 2022.
	192 p. ; 15,50cm x 22,60cm. (Os pioneiros americanos; v. 3).
	Título original: Little House on the Prairie
	ISBN: 978-65-5552-686-8
	1. Literatura infantil. 2. Família. 3. Historias. 4. Romance. I. Azevedo, Lígia. II. Título.
2022-0283	CDD 028.5
	CDU 82-93

Elaborado por Lucio Feitosa - CRB-8/8803

Índice para catálogo sistemático:
1. Literatura infantil 028.5
2. Literatura infantil 82-93

1ª edição em 2022
www.cirandacultural.com.br
Todos os direitos reservados.
Nenhuma parte desta publicação pode ser reproduzida, arquivada em sistema de busca ou transmitida por qualquer meio, seja ele eletrônico, fotocópia, gravação ou outros, sem prévia autorização do detentor dos direitos, e não pode circular encadernada ou encapada de maneira distinta daquela em que foi publicada, ou sem que as mesmas condições sejam impostas aos compradores subsequentes.

Esta obra reproduz costumes e comportamentos da época em que foi escrita.

Sumário

Nota da tradução 5

Rumo ao Oeste 7

Atravessando o riacho 15

Acampando na Alta Pradaria 22

Um dia na pradaria 27

A casa na pradaria 34

De mudança 44

A alcateia 49

Duas portas sólidas 59

A lareira 64

Telhado e piso 71

Índios em casa 77

Água fresca para beber 85

Bois com chifres 93

Acampamento indígena 99

Sezão 105

Fogo na chaminé 114

Pa vai à cidade 120

O índio alto 129

O senhor Edwards encontra Papai Noel 136

Um grito na noite 144

Reunião de índios 150

Fogo na pradaria 156

O grito de guerra dos índios 162

Os índios vão embora 170

Soldados 176

A partida 182

Sobre a autora 190

Nota da tradução

Laura Ingalls Wilder começou a lançar a série de livros que a deixou famosa em 1932, com *Uma casa na floresta*. No entanto, a história de cunho autobiográfico se passa ainda antes, a partir dos anos 1870, quando a família da autora viveu em diferentes partes do interior dos Estados Unidos. Era um período em que a população branca vinha se expandindo do Leste para o Oeste do país, incentivada pelo governo. Esse processo teve efeitos terríveis sobre a população indígena, que foi sendo despojada de suas terras e acabou drasticamente reduzida.

Em *Uma casa na pradaria* (1935), os Ingalls se instalam em território indígena, porque Pa ouviu dizer que a região logo será entregue a colonos brancos e sabe que os primeiros a chegar serão favorecidos. Como ele mesmo diz: "Quando colonos brancos chegam a uma região, eles [os indígenas] têm que ir embora. O governo vai deslocar os índios para oeste a qualquer momento. […] Os brancos vão ocupar todo o país".

É por isso que a família e os outros colonos brancos vivem em um estado de tensão constante com a proximidade dos nativos. O preconceito desses colonos fica muito claro na narrativa. Pa acredita na convivência pacífica pelo bem e pela segurança dos próprios brancos, sem se abster de tirar proveito de terra indígena, mas outros personagens têm uma aversão declarada aos nativos, como Ma e o senhor Scott, que chega a afirmar que "índio bom é índio morto". De modo geral, os personagens brancos não veem os nativos como seres humanos. Quando a história começa, a protagonista Laura nunca havia visto um índio, mas imagina que sejam "selvagens de pele vermelha, carregando machadinhas". Ela não compreende por que estão em terra indígena se a mãe não gosta de índios, mas em determinado momento da narrativa torce para que seu cachorro mate os índios que estão em sua casa e depois teima em querer um bebê índio para si, como se fosse um filhotinho de animal.

Essa visão dos personagens e da própria narração dos não brancos como "o outro" também se aplica em relação aos negros, como acontece com o único personagem negro que aparece na história, o doutor Tan: "Laura nunca tinha visto um homem preto e não conseguia tirar os olhos do doutor Tan. Ele era muito preto. Ela ficaria com medo se não tivesse gostado tanto dele". Vale lembrar que a escravidão foi oficialmente abolida nos Estados Unidos por uma emenda à constituição em 1865, apenas dois anos antes que Laura Ingalls Wilder nascesse. E essa abolição de maneira nenhuma representou igualdade de liberdade, direitos ou oportunidades em relação aos brancos ou acabou com o preconceito existente.

É impossível ler a série de Laura Ingalls Wilder sem atentar para as questões raciais. Até hoje, indígenas e negros continuam lutando por igualdade de status com a população branca, não só nos Estados Unidos, como também no Brasil.

Rumo ao Oeste

Muito tempo atrás, quando todos os avós de hoje eram menininhos, menininhas, bebês bem pequenos ou ainda nem haviam nascido, Pa, Ma, Mary, Laura e Carrie foram embora de sua casinha na Grande Floresta de Wisconsin. Eles a deixaram vazia e sozinha na clareira, em meio às enormes árvores, e nunca mais a viram.

Estavam indo para território indígena.

Pa disse que agora havia gente demais na Grande Floresta. Com frequência, Laura ouvia um machado que não era o de Pa trabalhar, ou o eco de um tiro de outra arma que não a dele. O caminho que passava pela casinha havia dado lugar a uma estrada. Quase todo dia, Laura e Mary interrompiam a brincadeira e ficavam olhando, surpresas, para uma carroça que passava devagar por ali.

Os animais selvagens não iam ficar em um lugar com tanta gente. Pa, tampouco. Ele gostava de espaços onde os animais selvagens podiam viver sem medo. Gostava que filhotes e suas mães o observassem das sombras da floresta, gostava de ver ursos gordos e preguiçosos comer frutas silvestres.

Nas longas noites de inverno, ele falava com Ma sobre o Oeste. Lá, a terra era plana e não havia árvores. A grama crescia grossa e alta. Animais selvagens vagavam livremente e se alimentavam como se estivessem em um pasto que se estendia muito além da vista, e não havia colonos. Só índios moravam ali.

Um dia, no finzinho do inverno, Pa disse a Ma:

– Como não faz objeção, decidi ir para o Oeste. Recebi uma oferta pela casa, podemos vendê-la agora por um valor tão alto quanto venderíamos mais para a frente. Será o bastante para começar em outro lugar.

– Ah, Charles, mas temos que ir já? – Ma perguntou.

Fazia muito frio, e a casinha era muito confortável.

– Se formos neste ano, tem que ser agora – disse Pa. – Não vamos conseguir atravessar o Mississípi depois que o gelo quebrar.

Assim, Pa vendeu a casinha. Vendeu a vaca e os bezerros. Fez arcos de nogueira e instalou na parte de trás da carroça, depois Ma ajudou a esticar uma lona branca por cima.

Na leve escuridão que precedia a manhã, Ma sacudiu Mary e Laura com delicadeza, até que acordassem. À luz da lareira e de uma vela, ela deu banho nas duas, depois as penteou e agasalhou bem. Por cima das roupas de baixo de flanela vermelha, vestiu nelas anáguas, vestidos e meias compridas, tudo de lã. Depois um casaco, gorro de pele de coelho e as luvas vermelhas.

Tudo o que havia na casinha estava agora na carroça, a não ser pelas camas, mesas e cadeiras, que eles não precisavam levar, porque Pa poderia fazer outras.

A camada de neve no chão estava fina. O ar estava parado e frio. Continuava escuro. As árvores sem folhas contrastavam com as estrelas congeladas. A leste, o céu estava claro. Da floresta cinza, vinham lanternas, carroças e cavalos, trazendo vovô e vovó, tios e primos.

Mary e Laura agarraram suas bonecas de pano, sem dizer nada. Os primos as cercaram e olharam para elas. Vovó e as tias abraçaram e beijaram todos, depois abraçaram e beijaram de novo, em despedida.

Pa pendurou a arma em um arco da carroça, por dentro da lona, onde seria capaz de pegá-la depressa de seu assento na frente. O cartucheiro e o polvorinho foram pendurados logo abaixo. O estojo da rabeca tinha sido posicionado com cuidado, entre travesseiros, para que o instrumento não fosse danificado com o sacolejo.

Os tios ajudaram Pa a atrelar os cavalos à carroça. Os primos receberam ordens de se despedir de Mary e Laura com um beijo, e assim fizeram. Pa pegou Mary e depois Laura no colo e as posicionou na cama, na parte de trás da carroça, depois ajudou Ma a subir no assento da frente. Em seguida, vovó passou a ela a bebê. Pa subiu e se sentou ao lado para Ma. Jack, o buldogue malhado, seguiria na parte de baixo da carroça.

Assim eles deixaram para trás a casinha feita de toras. As venezianas estavam fechadas, de modo que a casinha não pôde vê-los partir. Manteve-se dentro da cerca de toras, atrás de dois grandes carvalhos, cujas copas verdes serviam de teto para que Mary e Laura brincassem no verão. Foi a última vez que eles viram a casinha.

Pa prometeu que, no Oeste, Laura veria um *papoose*.

– O que é um *papoose*? – ela perguntou.

– É um bebezinho indígena, de pele morena.

Eles dirigiram por bastante tempo pela floresta enevoada, até chegar à cidade de Pepin. Mary e Laura já a tinham visto, mas ela parecia diferente agora. As portas da loja e de todas as casas estavam fechadas, os tocos de árvores estavam cobertos de neve, e não tinha nenhuma criança brincando lá fora. Havia grandes pilhas de madeira entre os tocos. Só se viam dois ou três homens, usando botas, gorro de pele e casaco xadrez.

Ma, Laura e Mary comeram pão e melaço na carroça, e os cavalos comeram milho dos bornais, enquanto, dentro da loja, Pa trocava peles por itens que seriam necessários para a viagem. Eles não podiam perder muito tempo na cidade, porque tinham de atravessar o lago naquele mesmo dia.

O enorme lago se estendia liso e branco por todo caminho até o céu cinza. Rastros de carroças o cruzavam, indo tão longe que não dava para ver até onde. Pareciam terminar no nada.

Pa conduziu a carroça pelo gelo, seguindo os rastros. Os cascos dos cavalos produziam um ruído surdo ao avançar, as rodas estalavam. A cidade foi ficando para trás e cada vez menor, até que a loja não passava de um pequeno ponto. Ao redor da carroça, não havia nada além de silêncio e vazio. Laura não gostava daquilo. Mas Pa estava no assento da frente, e Jack estava sob a carroça. Ela sabia que nada de ruim aconteceria estando os dois ali.

Finalmente, a carroça pegou uma subida de terra, e árvores surgiram à vista. Havia uma casinha de toras em meio a elas. Laura se sentiu melhor.

Ninguém morava ali, era um local de acampamento. A casa era pequena e esquisita. Tinha uma lareira grande e beliches rústicos encostados às paredes. Mas, depois que Pa acendeu a lenha, ficou quentinha. Naquela noite, Mary, Laura e Carrie dormiram com Ma diante do fogo, enquanto Pa dormiu lá fora, para cuidar da carroça e dos cavalos.

Laura acordou no meio da noite, com um barulho estranho. Parecia um tiro, mas era mais agudo e prolongado. Ela o ouviu repetidamente. Mary e Carrie continuaram dormindo, mas Laura seguiu acordada até ouvir a voz suave de Ma no escuro.

– Pode dormir, Laura. É só o gelo estalando.

Na manhã seguinte, Pa disse:

– Que bom que atravessamos ontem, Caroline. Não me surpreenderia se o gelo todo quebrasse hoje. Saímos tarde. Foi sorte o gelo não ter começado a quebrar quando estávamos no meio do lago.

– Pensei nisso ontem, Charles – Ma disse, gentil.

Laura não tinha pensado naquilo no dia anterior, mas agora considerava o que podia ter acontecido se o gelo tivesse quebrado sob as rodas da carroças e todos caíssem na água gelada, no meio daquele lago tão vasto.

– Você está assustando alguém, Charles – Ma disse, então Laura se viu pega na segurança do abraço de Pa.

– Estamos do outro lado do Mississípi! – ele disse, animado. – Gostou, minha canequinha de sidra doce pela metade? Está gostando de ir para o Oeste, onde vivem os índios?

Laura disse que sim e perguntou se já estavam em território indígena. Ainda não. Estavam em Minnesota.

O caminho até o território indígena era muito, muito longo. Quase todos os dias, os cavalos avançavam até não poder mais. Quase todas as noites, a família montava acampamento em um lugar diferente. Mas, às vezes, tinham de passar dias seguidos acampados, porque deparavam com um córrego cheio e precisavam aguardar que a água baixasse para atravessar. Havia incontáveis córregos a atravessar. Eles viram florestas e colinas bem estranhas e terrenos ainda mais estranhos, sem árvores. Atravessaram longas pontes de madeira cruzando rios, até chegar a um bem largo, cuja água era amarelada. Não havia ponte.

Era o rio Missouri. Pa subiu com a carroça em uma jangada, e todos se mantiveram bem quietinhos enquanto ela deixava a segurança da terra e cruzava devagar as águas lamacentas.

Depois de alguns dias, eles depararam com mais colinas. A carroça atolou na lama preta e profunda de um vale. Chovia, trovejava e relampejava. Eles não tinham onde montar acampamento ou como fazer uma fogueira. Estava úmido, gelado e triste dentro da carroça, mas a família não podia sair, e só tinha comida fria.

No dia seguinte, Pa encontrou um declive onde poderiam acampar. Tinha parado de chover, mas eles ainda precisavam esperar uma semana para que a água do córrego baixasse e a lama secasse para que Pa pudesse desatolar as rodas e seguir viagem.

Um dia, enquanto esperavam, um homem alto e magro saiu da floresta, montado em um pônei preto. Pa conversou um pouco com ele, depois os dois entraram na floresta juntos. Quando voltaram, estavam ambos montados em pôneis pretos. Pa havia trocado os cavalos marrons, que estavam cansados, pelos pôneis.

Eram lindos. Pa explicou que, na verdade, não eram pôneis: eram mustangues.

– São éguas fortes como mulas e dóceis como gatos – Pa disse.

Tinham olhos grandes, brandos e gentis, crina e rabo compridos, pernas finas e patas muito menores e mais rápidas que as dos cavalos da Grande Floresta.

Quando Laura perguntou como as éguas se chamavam, Pa disse que ela e Mary podiam escolher os nomes. Mary escolheu Pet para um, e Laura escolheu Patty para o outro. Quando o barulho do córrego já não era tão alto e a estrada ficou mais seca, Pa conseguiu desatolar a carroça. Depois de arrear Pet e Patty, eles seguiram viagem.

Tinham percorrido todo o caminho desde a Grande Floresta de Wisconsin até Minnesota, Iowa e Missouri. O tempo todo, Jack trotava sob a carroça. Agora, o objetivo era cruzar o Kansas.

O Kansas era uma planície infinita, coberta de gramíneas altas que balançavam ao vento. Eles viajaram dias seguidos sem ver nada além do movimento das gramíneas e do céu amplo, que formava um círculo perfeito e se curvava até a terra, com a carroça bem no meio.

Pet e Patty não paravam o dia inteiro, trotando, caminhando, depois voltando a trotar, mas a carroça continuava no meio do círculo. Mesmo quando o sol se punha, o círculo continuava envolvendo-os, embora as beiradas do céu ficassem rosadas. Depois, devagar, tudo ficava preto. O vento produzia um som solitário ao bater nas gramíneas. A fogueira parecia pequena e perdida naquela amplitude toda. Surgiam estrelas enormes no céu, brilhando tão perto que Laura sentia que quase podia tocá-las.

No dia seguinte, estava tudo igual: o céu era o mesmo, e o círculo não se alterava. Laura e Mary estavam cansadas daquilo. Não havia nada de novo para fazer ou para olhar. A cama na parte de trás da carroça estava arrumada, com um cobertor cinza por cima. As duas se sentaram nele. As laterais da cobertura de lona da carroça tinham sido recolhidas e amarradas, permitindo que sentissem o vento da pradaria. Ele agitava o cabelo liso e castanho de Laura e os cachos dourados de Mary, enquanto a luz forte incomodava seus olhos.

Às vezes, uma lebre grande aparecia saltando por cima das gramíneas ao vento. Jack não lhe dava atenção. O pobrezinho também estava cansado, e suas patas estavam doloridas da viagem tão longa. A carroça continuava sacolejando, com a cobertura de lona agitada pelo vento. Deixava marcas de roda fracas para trás, sempre iguais.

As costas de Pa estavam curvadas. As rédeas estavam soltas em suas mãos, o vento agitava sua barba castanha e comprida. Ma se mantinha sentada ereta e em silêncio, com as mãos cruzadas sobre as pernas. Carrie dormia em um ninho feito de trouxas macias.

Mary bocejou alto. Laura perguntou:

– Ma, podemos descer e correr atrás da carroça? Minhas pernas estão cansadas.

– Não, Laura – Ma disse.

– Vamos acampar em breve? – Laura perguntou. Parecia que se tinha passado um longo tempo desde o almoço, quando tinham comido sentados na grama, à sombra da carroça.

Pa respondeu:

– Ainda não. É cedo demais para acampar.

– Quero parar agora! Estou muito cansada! – Laura insistiu.

– Laura – foi tudo o que Ma disse. Significava que a menina não deveria reclamar. Por isso, Laura não reclamou mais. No entanto, em seu interior, continuava mal-humorada. Ela ficou sentada, resmungando mentalmente.

Suas pernas doíam, e o vento não parava de bagunçar seu cabelo. As gramíneas se curvavam, a carroça balançava. Nada mais aconteceu por um bom tempo.

– Estamos chegando a um córrego ou rio – Pa disse. – Estão vendo aquelas árvores lá na frente, meninas?

Laura se levantou e se segurou em um dos arcos da parte de trás da carroça. A distância, ela viu uma mancha escura.

– São árvores – Pa disse. – Dá para saber pela forma das sombras. E, aqui, se há árvores, há água. É lá que vamos passar esta noite.

Atravessando o riacho

Pet e Patty começaram a trotar mais forte, como se também estivessem animados. Laura se segurou com força em um arco e se levantou na carroça sacolejando. Além dos ombros de Pa, depois das ondas de gramíneas verdes, ela já via as árvores, que eram muito diferentes das que conhecia. Não passavam da altura de arbustos.

– Alto! – Pa disse, de repente. – Por onde vamos agora? – ele murmurou consigo mesmo.

A rota se bifurcava ali, e não dava para saber qual era o caminho certo. Ambos consistiam em marcas vagas de rodas na grama. Um ia para oeste, enquanto o outro descia um pouco, rumo ao sul. Ambos logo desapareceriam em meio às gramíneas altas, balançando.

– Acho que é melhor descer – Pa decidiu. – O córrego fica na baixada. A parte mais rasa deve ser por aqui.

Ele conduziu Pet e Patty na direção sul.

O caminho desceu e subiu, então desceu e subiu de novo, pelo terreno levemente curvo. As árvores estavam mais próximas, ainda que não parecessem mais altas. Então Laura ofegou e se segurou ao arco da carroça: debaixo do nariz de Pet e Patty não havia mais gramíneas balançando, não havia mais terra. Ela olhou além do penhasco, através da copa das árvores.

O caminho fazia uma curva ali. Por um pequeno trecho, acompanhava o topo do penhasco, depois vinha uma descida íngreme. Pa puxou as rédeas. Pet e Patty faziam tanta força para trás que quase encostavam a traseira no chão. As rodas giraram, e a carroça descia aos pouquinhos pela encosta íngreme. Dos dois lados, erguiam-se rochedos denteados e vermelhos. Gramíneas balançavam no topo, mas nada crescia nas laterais, que eram um sobe e desce constante. A terra exalava um calor que chegava ao rosto de Laura. O vento ainda soprava acima, mas não naquela fenda profunda no solo. A tranquilidade parecia estranha e vazia.

Então a carroça estava de volta ao plano. A fenda estreita pela qual tinha vindo se abrira para a planície do riacho. Ali cresciam as árvores altas cuja copa Laura havia visto da pradaria. Havia bosques espalhados pelos prados, onde, com alguma dificuldade, viam-se veados em meio às sombras. Os animais viraram a cabeça para a carroça. Os filhotes, mais curiosos, levantaram-se para ver direito.

Laura ficou surpresa, porque ainda não via o córrego. Mas o terreno ali era amplo. Abaixo da pradaria, havia colinas suaves e espaços abertos e ensolarados. O ar parado ainda era quente. O solo sob as rodas da carroça era macio. Nos espaços abertos e ensolarados, a grama crescia fina, e os veados a mantinham curta.

De início, os rochedos denteados e vermelhos continuavam pairando atrás da carroça. Mas, quando Pet e Patty pararam para beber água no riacho, já estavam quase escondidos atrás das colinas e das árvores.

O som da água correndo preenchia o ar parado. As árvores ao longo das margens escureciam a água com sua sombra. Mais para o meio, ela corria depressa, cintilante e azul.

— A água está alta — Pa disse. — Mas acho que conseguimos atravessar. Dá para ver que é um vau, pelos sulcos antigos das rodas. O que me diz, Caroline?

— Como achar melhor, Charles — Ma respondeu.

Pet e Patty ergueram o nariz molhado. Suas orelhas apontaram para a frente enquanto ambos olhavam para o riacho, depois para trás, para ouvir o que Pa diria. As éguas suspiraram e aproximaram os narizes, para sussurrar. Um pouco adiante na margem, a língua vermelha de Jack batia repetidamente na água.

— Vou descer a lona — Pa disse. Ele desceu do assento, desenrolou a lateral da proteção e a amarrou bem à carroça. Depois puxou uma corda na traseira, para que a lona se fechasse ao meio, deixando apenas um buraco redondo, pequeno demais para ver lá dentro.

Mary se encolheu na cama. Não gostava de vaus; tinha medo de água correndo. Mas Laura estava animada, porque gostava dos salpicos. Pa voltou ao seu assento e disse:

— Talvez elas tenham que nadar quando chegarem ao meio. Mas vamos conseguir, Caroline.

Laura pensou no cachorro e disse:

— Queria que Jack pudesse vir na carroça, Pa.

Pa não respondeu. Segurou as rédeas firmemente na mão.

— Jack sabe nadar, Laura — disse Ma. — Ele vai ficar bem.

A carroça seguiu adiante na lama, devagar. Água começou a respingar nas rodas. O barulho ficou mais alto. A carroça sacudiu, e a água bateu mais forte contra ela. De repente, a carroça subiu, recuperou o equilíbrio e balançou de leve. A sensação foi boa.

Quando o barulho parou, Ma gritou:

— Deitem, meninas!

Mary e Laura se deitaram na cama imediatamente. Quando Ma falava daquele jeito, elas obedeciam. Com o braço, Ma puxou um cobertor sufocante sobre as duas, até a cabeça.

– Fiquem exatamente como estão. Não se movam! – ela disse.

Mary não se moveu. Tremia, mas se manteve no lugar. Mas Laura não conseguiu evitar se mexer um pouco. Ela queria ver o que estava acontecendo. Sentia a carroça virar. Voltou a ouvir os respingos mais alto, só para pararem em seguida. Laura se assustou com a voz de Pa quando ele disse:

– Pegue aqui, Caroline!

A carroça deu uma guinada. Ouviu-se um respingo repentino e pesado na lateral. Laura se sentou e descobriu a cabeça.

Pa não estava em seu lugar. Ma estava sozinha no assento, segurando firme as rédeas, com as duas mãos. Mary voltou a esconder o rosto, mas Laura se levantou. Não conseguia ver a margem. Não conseguia ver nada na frente da carroça além da água correndo e de três cabeças: a de Pet, a de Patty e a de Pa, pequena e molhada. Dentro da água, ele segurava firme a rédea de Pet.

Laura mal conseguia ouvir a voz dele, por causa da corrente. Soava tranquila e animada, mas a menina não entendia o que dizia. Ele falava com as éguas. Ma estava assustada, com o rosto pálido.

– Deite, Laura – ela disse.

A menina obedeceu. Sentiu frio e enjoo. Mesmo com os olhos bem fechados, ainda conseguia ver a água puxando, e os cabelos castanhos de Pa afundando.

Por um longo, longo tempo, a carroça balançou, enquanto Mary chorava sem fazer barulho e o estômago de Laura se revirava cada vez mais. Então, as rodas da frente bateram e rangeram, e Pa gritou. A carroça inteira sacolejou e foi jogada para trás, mas as rodas voltaram a girar no chão. Laura se sentou, segurando-se no assento. Ela viu a traseira molhada de Pet e Patty subir a margem íngreme. Pa corria ao lado das duas, gritando:

– Vamos, Patty! Vamos, Pet! Subindo! Subindo! Subindo! Opa! Boas meninas!

Elas pararam ao chegar lá em cima, ofegantes, pingando. A carroça ficou parada no lugar, a salvo do riacho.

Pa também ofegava e pingava.

– Ah, Charles! – Ma disse.

– Está tudo bem, Caroline – ele disse. – Estamos todos a salvo, graças à cobertura bem presa aos eixos. Nunca vi um riacho subir tão depressa. Pet e Patty são boas nadadoras, mas acho que não teriam conseguido sem minha ajuda.

Se Pa não soubesse o que fazer, ou se Ma tivesse ficado com medo demais para assumir as rédeas, se Laura e Mary tivessem se comportado mal e a incomodado, estariam todos perdidos. O rio os teria levado, virado a carroça e os afogado. Ninguém nunca saberia que fim haviam levado. Talvez se passassem semanas sem que alguém aparecesse ali.

– Bem está o que bem acaba – disse Pa.

– Charles, você está ensopado – disse Ma.

Antes que ele pudesse responder, Laura perguntou:

– Onde está o Jack?

Tinham esquecido o cachorro. Aquelas águas terríveis os haviam separado, e agora eles não conseguiam vê-lo em parte alguma. Jack devia ter tentado ir atrás deles, mas não o encontravam se debatendo na água.

Laura engoliu em seco, para evitar chorar. Sabia que era vergonhoso chorar, mas sentia o choro vindo de dentro. Por todo o longo caminho desde Wisconsin, o pobre Jack os havia seguido, fiel e paciente, e agora tinham deixado que se afogasse. Ele estava muito cansado, poderiam tê-lo levado na carroça. Devia ter ficado na margem, vendo a carroça se distanciar, como se a família nem se importasse com ele. Nunca saberia o quanto o queriam.

Pa disse que nunca teria feito aquilo com Jack, nem por um milhão de dólares. Se soubesse que a água subiria tanto no meio, não teria deixado o cachorro atravessar nadando.

– Mas não há como voltar atrás agora.

Ele subiu e desceu ao longo da margem do rio, procurando por Jack, chamando seu nome e assoviando.

Não adiantou. Jack não estava lá.

Não havia mais nada a fazer a não ser seguir em frente. Pet e Patty estavam descansadas. As roupas de Pa tinham secado no corpo enquanto ele procurava pelo cachorro. Pa reassumiu as rédeas e dirigiu colina acima, deixando o leito do riacho.

Laura olhou para trás o tempo todo. Sabia que nunca mais veria Jack, mas não conseguiu evitar. Não viu nada além das leves curvas do terreno entre a carroça e o riacho. Depois do riacho, os estranhos rochedos vermelhos voltavam a aparecer.

Então surgiram costões parecidos diante da carroça. Rastros vagos seguiam por uma fenda entre as paredes. Pet e Patty avançaram até que a fenda desse lugar a um valezinho gramado. Depois, o vale se abria para a Alta Pradaria.

Não havia caminho a seguir, nem mesmo um rastro vago de rodas ou da passagem de um cavalo era visível. A impressão era de que nunca um humano tinha posto os olhos naquela pradaria. Gramíneas altas e selvagens cobriam a terra infinita e vazia, enquanto o céu amplo e vazio se arqueava sobre ela. A distância, o sol tocava os limites da terra. Enorme, ele pulsava, iluminado. As bordas do céu tinham um tom rosa-claro, enquanto em cima ele era amarelado, e depois azul. Além do azul, o céu não era de cor nenhuma. Sombras roxas se abatiam sobre a terra, e o vento se lamentava.

Pa parou as éguas. Ele e Ma desceram da carroça para montar acampamento e foram seguidos por Mary e Laura.

– Ah, Ma... – Laura começou a dizer. – Jack foi para o céu, não foi? Era um cachorro tão bom. Pode ter ido para o céu?

Ma não sabia a resposta. Pa disse:

– Pode ter ido, sim, Laura. Se Deus não esquece os pardais, não ia abandonar um cachorro tão bom como Jack.

Ela se sentiu só um pouquinho melhor. Não ficou feliz. Pa não assoviou enquanto trabalhava, como de costume. Depois de um tempo, ele disse:

– Não sei o que vamos fazer em uma terra selvagem sem um bom cão de guarda.

Acampando na Alta Pradaria

Pa montou acampamento, como sempre fazia. Primeiro, desatrelou e desarreou Pet e Patty, depois as amarrou a uma corda comprida, presa a pinos de ferro fincados no chão. Amarradas assim, as éguas podiam comer toda a grama que a corda comprida permitisse que alcançassem. Mas a primeira coisa que fizeram foi se deitar e se revirar na grama, até que a tensão deixasse o corpo delas.

Enquanto Pet e Patty rolavam, Pa arrancou todas as gramíneas de um círculo grande de terreno. Por baixo do verde, havia grama velha e morta, e Pa não queria se arriscar a começar um incêndio na pradaria. Uma vez que o fogo pegasse naquela grama seca, deixaria todo o terreno preto e vazio. Pa disse:

– É melhor tomar cuidado, para evitar problemas depois.

Depois que todas as gramíneas tinham sido arrancadas da área, Pa juntou um punhado da grama seca bem no meio. Ele trouxe uma braçada de gravetos e madeira velha da planície do riacho. Colocou primeiro os gravetos menores, depois os maiores e depois a madeira sobre o punhado de grama seca e acendeu. O fogo estalou alegremente dentro do círculo capinado, do qual não tinha como sair.

Pa foi buscar água no riacho, enquanto Mary e Laura ajudavam Ma com o jantar. Ma separou a quantidade certa de grãos de café, que Mary passou pelo moedor. Laura encheu o bule com a água que Pa havia trazido, e Ma o colocou sobre as brasas, junto com a panela de ferro.

Enquanto esquentava, Ma misturou farinha de milho, sal e água e moldou alguns pãezinhos. Ela passou um toucinho na panela, acrescentou os pãezinhos e tampou. Pa jogou algumas brasas sobre a tampa, enquanto Ma fatiava o porco salgado. Ela fritou as fatias em uma frigideira de ferro diferente das normais: tinha quatro pernas curtas e ficava suspensa sobre as brasas.

O café, os pãezinhos e a carne ficaram prontos. Cheiravam tão bem que deixaram Laura morrendo de fome.

Pa colocou o assento da carroça perto do fogo. Ele e Ma se sentaram ali, enquanto Mary e Laura se sentaram na lingueta da carroça. Cada um deles tinha um prato de lata e uma faca e um garfo de aço com pegador de osso branco. Ma e Pa tinham canecas de lata, mas Mary e Laura precisavam dividir uma, enquanto Carrie tinha uma pequenininha só para si. Elas beberam água. Só poderiam beber café quando fossem mais velhas.

Enquanto comiam, as sombras roxas se fecharam sobre a fogueira. A vasta pradaria ficou escura e imóvel. Apenas o vento se movia furtivamente, balançando as gramíneas. Estrelas cintilavam no céu, grandes e baixas.

A fogueira era aconchegante, em meio à escuridão vasta e fria. As fatias de porco estavam crocantes e gordas, e os pães de milho estavam gostosos. No breu, além da carroça, Pet e Patty também comiam, fazendo barulho ao mastigar chumaços de gramíneas.

– Vamos acampar aqui por um ou dois dias – disse Pa. – Pode ser que fiquemos por aqui mesmo. A terra é boa, tem madeira na planície do riacho e animais a caçar, ou seja, tudo o que um homem poderia querer. O que me diz, Caroline?

– Talvez seja pior mais para a frente – ela respondeu.

– Bem, vou dar uma olhada em volta amanhã – Pa disse.– Vou pegar a arma e conseguir carne fresca para nós.

Ele acendeu o cachimbo com uma brasa quente e estendeu as pernas de maneira mais confortável. O cheiro quente da fumaça do tabaco se juntou ao calor do fogo. Mary bocejou e passou da lingueta da carroça para a grama. Laura bocejou também. Ma lavou os pratos e as canecas de lata, os garfos e as facas. Também lavou a panela e a frigideira de ferro, depois enxaguou o pano usado.

Por um momento, ficou parada, ouvindo um uivo longo na escuridão. Todos sabiam do que se tratava. Mas o som sempre fazia a espinha de Laura gelar e os pelos de sua nuca se arrepiar.

Ma sacudiu o pano, depois adentrou a escuridão para esticá-lo na grama alta, para secar. Quando ela voltou, Pa disse:

– Lobos. Eu diria a cerca de um quilômetro de distância. Bem, onde há veados, há lobos. Queria que...

Ele não disse o que queria, mas Laura sabia o que era. Pa queria que Jack estivesse ali. Quando os lobos da Grande Floresta uivavam, Laura ficava tranquila, sabendo que Jack não deixaria que a machucassem. Ela sentiu um nó na garganta e o nariz arder. Piscou depressa, para não chorar. O lobo, ou talvez outro, uivou de novo.

– Hora de as crianças irem para a cama! – Ma disse, animada.

Mary se levantou e se virou, para que Ma desabotoasse seu vestido. Laura se levantou e ficou no lugar. Tinha visto alguma coisa. Duas luzes verdes brilhando perto do chão, na escuridão além da fogueira. Eram olhos.

A espinha de Laura gelou, e ela sentiu o couro cabeludo e os cabelos se arrepiar. As luzes verdes se moveram. Uma piscou, depois a outra, então as duas retornaram a seu brilho constante, cada vez mais próximas.

– Olhe, Pa, olhe! – Laura disse. – Um lobo!

Não pareceu que Pa tivesse se movido rápido, mas foi o que aconteceu. Em um instante, ele pegou a arma na carroça e estava pronta para atirar nos olhos verdes, que pararam na hora. Continuavam no escuro, olhando para ele.

– Não pode ser um lobo. A menos que seja louco – Pa disse. Ma colocou Mary na carroça. Ele prosseguiu: – Não pode ser isso. Viram as éguas?

Pet e Patty continuavam mastigando sua grama.

– Um lince? – sugeriu Ma.

– Ou um coiote?

Pa pegou um graveto, então gritou e o atirou. Os olhos verdes se aproximaram ainda mais do chão, como se o animal estivesse se preparando para pular. A arma de Pa estava a postos. A criatura não se moveu.

– Não faça isso, Charles – Ma disse.

Pa caminhou na direção dos olhos, devagar. Os olhos também rastejaram em sua direção, devagar. Laura já podia ver o animal, nos limites das sombras. Era fulvo e malhado. Pa gritou, Laura também.

Quando ela viu, estava tentando abraçar Jack, que pulava, ofegava e se retorcia para lamber o rosto e as mãos de Laura, com a língua quente e úmida. Jack pulou em Pa, depois em Ma, depois de novo em Laura.

– Não consigo acreditar! – disse Pa.

– Nem eu – disse Ma. – Mas vocês precisavam ter acordado a bebê? Ela embalava Carrie nos braços, para tranquilizá-la.

Jack estava perfeitamente bem. Pouco depois, ele se deitou perto de Laura e soltou um longo suspiro. Seus olhos estavam vermelhos de cansaço, e toda a parte de baixo de seu corpo estava enlameada. Ma lhe deu um pão de milho, que ele lambeu com educação, mas não conseguiu comer. Estava esgotado.

– Não dá para saber por quanto tempo ele nadou – Pa disse. – Ou o quanto foi arrastado pela correnteza até voltar a terra.

Quando Jack finalmente conseguira encontrá-los, Laura pensou que era um lobo, e Pa quase o ameaçou com a arma.

Mas o cachorro sabia que não tinham feito de propósito. Laura perguntou a ele:

– Você sabe que não foi de propósito, não é, Jack?

Ele balançou o toco que era o rabo, confirmando.

Já tinha passado da hora de dormir. Pa prendeu Pet e Patty ao comedouro atrás da carroça e deixou milho para elas. Carrie voltou a dormir, e Ma ajudou Mary e Laura a se despirem. Ela passou as camisolas compridas pela cabeça das meninas, que enfiavam os braços dentro das mangas. Mary e Laura abotoaram o colarinho e deram o laço sozinhas. Cansado, Jack girou umas três vezes sob a carroça, depois se deitou para dormir.

Laura e Mary rezaram e entraram na caminha. Ma deu um beijo de boa-noite em cada uma.

Do outro lado da lona, Pet e Patty comiam o milho. Quando Patty fungou, foi como se o fizesse na orelha de Laura. Ouvia-se um farfalhar nas gramíneas. Nas árvores perto do riacho, uma coruja fazia:

– *Uu-uu!*

De longe, outra respondia:

– *Uu-uu!*

A distância, os lobos uivaram, fazendo Jack rosnar baixo. Dentro da carroça, a sensação era de aconchego e segurança.

Pela abertura da carroça, dava para ver as estrelas piscando forte. Pa poderia alcançá-las, Laura pensou. Ela queria que ele escolhesse a maior de todas para baixar do fio que a suspendia no céu e lhe desse de presente. Estava totalmente desperta, sem nem um pingo de sono. De repente, surpreendeu-se: a estrela tinha piscado para ela.

Então Laura acordou, e já era manhã.

Um dia na pradaria

Laura ouviu um relinchar suave perto da orelha, e os grãos sacudindo no comedouro. Pa estava dando o café da manhã para Pet e Patty.

– Espere, Pet! Não seja gananciosa – ele disse. – Você sabe que é a vez de Patty.

Pet bateu os cascos no chão e roncou baixo.

– Agora você fique no seu lugar, Patty – Pa continuou. – É a vez de Pet.

Ouviu-se um resmungo de Patty.

– Ah! Foi mordida, é? – Pa perguntou. – Assim aprende a lição. Eu disse para se ater a seu próprio milho.

Mary e Laura olharam uma para a outra e riram. Sentiam cheiro de *bacon* e café e ouviam as panquecas chiar. Elas se levantaram da cama.

Mary se vestia sozinha, mas não conseguia fechar o botão do meio. Laura fez isso por ela, depois Mary abotoou o vestido da irmã. Elas lavaram as mãos e os rostos na bacia de lata que estava no degrau. Ma penteou o cabelo das duas até desfazer os nós, enquanto Pa buscava água fresca no riacho.

Todos se sentaram na grama e comeram panquecas, *bacon* e melaço dos pratinhos de lata apoiados nas pernas.

Em toda a volta, sombras se moviam sobre as gramíneas esvoaçantes, enquanto o sol saía. Cotovias-do-prado saíam cantando das gramíneas e disparavam para o céu claro. Nuvens pequenas e peroladas flutuavam no intenso azul mais acima. Havia passarinhos empoleirados em toda parte, cantando agudo. Pa disse que eram papa-capins.

– Passarinho! – Laura chamou. – Passarinho!

– Coma, Laura – Ma disse. – Precisa ter modos, ainda que estejamos a cem quilômetros de qualquer outra coisa.

– Estamos a pouco mais de sessenta quilômetros de Independence, Caroline – disse Pa. – Sem dúvida deve haver um ou outro vizinho mais próximo que isso.

– Sessenta quilômetros então – Ma se corrigiu. – De qualquer maneira, não se deve cantarolar à mesa. Ou comendo – ela acrescentou, porque não havia mesa ali.

Havia apenas a enorme pradaria, vazia, com as gramíneas balançando em ondas, a sombra batendo, o céu grande e azul acima, os pássaros voando e cantando com alegria, porque o sol estava nascendo. Em toda a enorme pradaria, não havia nenhum sinal de que um ser humano já havia estado ali.

Em meio a tudo aquilo de céu e terra, havia apenas a carroça, pequena, solitária, coberta. Perto dela estavam Pa e Ma, Laura, Mary e Carrie, tomando o café. As éguas mastigavam o milho, Jack se mantinha quietinho, esforçando-se para não pedir comida. Laura não podia lhe dar nada até que terminasse de comer, mas sempre guardava as sobras. Ma fez uma panqueca enorme para o cachorro, com o restante da massa.

Havia coelhos por todo o gramado, e milhares de tetrazes-das-pradarias, mas Jack não podia caçar o café da manhã naquele dia. Pa ia caçar, e Jack precisava guardar o acampamento.

Primeiro, Pa amarrou Pet e Patty na corda. Então pegou a tina de madeira da lateral da carroça e a encheu de água do riacho. Ma ia lavar as roupas.

Depois, Pa enfiou a machadinha afiada no cinto, pendurou o polvorinho do lado e guardou a latinha de retalhos e o cartucheiro no bolso, em seguida pegou a arma.

– Não tenha pressa, Caroline – ele disse para Ma. – Só vamos sair quando quisermos. Temos todo o tempo do mundo.

Pa foi embora. Por um tempinho, elas conseguiram ver seu corpo saindo das gramíneas altas, ficando cada vez menor conforme se distanciava. Então ele sumiu de vista, e a pradaria ficou vazia.

Mary e Laura lavaram a louça enquanto Ma arrumava as camas na carroça. Elas guardaram tudo na caixa, depois começaram a recolher gravetos esparsos e jogar na fogueira e a empilhar a lenha perto da roda da carroça. Assim, o acampamento ficou arrumadinho.

Ma pegou na carroça o recipiente de madeira em que ficava o sabão. Ela levantou a saia, arregaçou as mangas e se agachou diante da tina. Lavou os lençóis, as fronhas e as roupas de baixo, depois os vestidos e as camisas, enxaguou tudo com água limpa e estendeu na grama limpa, para secar ao sol.

Mary e Laura aproveitaram para explorar. Não podiam se afastar muito da carroça, mas era divertido correr em meio à grama alta, sob o sol e ao vento. Coelhos enormes fugiam ao vê-las, aves esvoaçavam e pousavam adiante. Havia passarinhos em toda parte e faziam seus ninhos nas ervas daninhas mais altas. Também havia uma enorme quantidade de pequenos roedores com listras marrons.

As criaturinhas pareciam tão macias quanto veludo. Tinham olhos brilhantes e redondos, patas diminutas e franziam o nariz. Saíam de buracos no solo e ficavam de pé, olhando para Mary e Laura. Com as patas traseiras escondidas sob as dobras do quadril e as dianteiras próximas ao peito, pareciam tocos de madeira despontando do chão. Se não fosse pelos olhos brilhando.

Mary e Laura queriam pegar um e levar para Ma. Inúmeras vezes, quase conseguiram. O roedor ficara paradinho até que elas tinham certeza de que o tinham pego, então, quando iam tocá-lo, não estava mais ali. Restava apenas um buraco no chão.

Laura correu sem parar, mas não conseguiu pegar nenhum. Mary ficou sentada ao lado de um buraco, esperando que um roedor aparecesse. Inúmeros surgiram além de seu alcance e ficaram olhando para ela. Mas nenhum saiu daquele buraco específico.

Então uma sombra passou pelo gramado, e todos os roedores sumiram. Era um falcão sobrevoando o local. Passara tão perto que Laura viu quando ele direcionou seu olhar cruel para ela. Viu o bico pontiagudo e as patas encurvadas, prontas para atacar. Mas o falcão não viu nada além de Laura, Mary e alguns buracos redondinhos no chão. Ele foi embora, para procurar a comida em outro lugar.

Então todos os roedores ressurgiram.

Era quase meio-dia. O sol estava quase a pino. Laura e Mary colheram algumas flores e as levaram para Ma, no lugar de um roedor.

Ma estava dobrando as roupas secas. As calcinhas e as anáguas estavam mais brancas que neve, quentes do sol e cheirando a grama. Ma as guardou na carroça e pegou as flores. Admirou igualmente tanto as que Laura havia lhe dado quanto as que Mary havia lhe dado, e colocou todas juntas em uma lata cheia de água. Então pôs o vasinho no degrau da carroça, para que o acampamento ficasse bonito.

Em seguida, ela abriu dois pães de milho e passou melaço dentro, um para Mary e outro para Laura. Era o almoço, e estava muito bom.

– Onde estão os *papooses*, Ma? – Laura perguntou.

– Não fale de boca cheia, Laura – Ma a repreendeu.

Ela mastigou e engoliu, depois disse:

– Quero ver um *papoose*.

– Misericórdia! – Ma disse. – Por que quer ver índios? Veremos o bastante deles. Provavelmente mais do que gostaríamos.

– Eles não nos machucariam, não é? – Mary perguntou. Ela era sempre boa. Nunca falava de boca cheia.

– Não! – Ma disse. – Nem pense nisso.

– Por que você não gosta de índios, Ma? – Laura perguntou, pegando uma gota de melaço com a língua.

– Simplesmente não gosto. Não lamba os dedos, Laura – disse Ma.

– Estamos em território indígena, não é? – Laura disse. – Por que viemos para cá se você não gosta deles?

Ma disse que não sabia se estavam em território indígena ou não. Não sabia onde ficava a fronteira do Kansas. Mas, de qualquer maneira, os índios não ficariam por ali por muito tempo mais. Pa havia ouvido de um homem em Washington que o território indígena logo estaria aberto para ocupação. Talvez até já estivesse. Eles não tinham como saber, porque Washington ficava muito longe.

Ma pegou o ferro de engomar na carroça e o aqueceu na fogueira. Ela borrifou água em um vestido de Mary, um vestido de Laura, um vestidinho de Carrie e seu vestido com estampa de ramos. Estendeu um cobertor e um lençol sobre o assento da carroça e passou as peças separadas.

A bebê dormia na carroça. Laura, Mary e Jack se deitaram na grama ao lado da carroça, à sombra, porque o sol estava quente demais. A boca de Jack estava aberta, e sua língua vermelha estava para fora. Ele piscava, com sono. Ma cantarolava baixo, para si mesma, enquanto passava o ferro e tirava todas as rugas dos vestidinhos. Em toda a volta, até os limites do mundo, não havia nada além das gramíneas balançando ao vento. No alto, algumas nuvens brancas se deslocavam no céu azul.

Laura estava muito feliz. O vento produzia uma música baixa e farfalhante contra as gramíneas. O barulho dos gafanhotos subia da imensa pradaria. Um zumbido fraco chegava das árvores, na planície do riacho. Em conjunto, aqueles sons constituíam um silêncio caloroso e feliz. Laura nunca tinha visto um lugar de que gostasse tanto quanto aquele.

Ela não sabia que havia pego no sono até acordar. Jack estava de pé, balançando o rabo. O sol estava baixo, e Pa chegava pela pradaria. Laura pulou e correu, e a sombra comprida de Pa se estendeu pelas gramíneas, balançando até encontrá-la.

Ele mostrou a caça a ela. Era um coelho, o maior coelho que Laura já havia visto, e duas lebres gorduchas. Laura pulou no lugar e bateu palmas, aos gritinhos. Então se segurou na outra manga dele e continuou pulando em meio às gramíneas altas.

– Este lugar está lotado de animais – Pa disse. – Vi uns cinquenta veados, e antílopes, esquilos, coelhos, pássaros de todos os tipos. Também há uma porção de peixes no riacho. – Para Ma, ele disse: – Temos tudo de que precisamos aqui, Caroline. Podemos viver como reis!

O jantar foi maravilhoso. Eles se sentaram à fogueira e comeram a carne macia e saborosa até não aguentarem mais. Quando Laura finalmente deixou o prato de lado, soltou um suspiro de satisfação. Não queria mais nada no mundo.

As cores sumiam do céu amplo, e a pradaria já estava nas sombras. O calor do fogo era agradável, porque a noite estava fresca. Papa-moscas entoavam um canto triste desde as árvores próximas ao riacho. Por um momento, uma cotovia-do-norte cantou, depois as estrelas saíram, e os pássaros ficaram em silêncio.

A rabeca de Pa começou a tocar suavemente, à luz das estrelas. Às vezes, ele cantava um pouco também, às vezes a rabeca cantava sozinha. A rabeca soava doce, discreta e distante ao cantar:

*Ninguém a conhecia, mas não a amar
era impossível, minha querida...*

Estrelas grandes e brilhantes tomavam conta do céu. Pareciam cada vez mais baixas, pulsando com a música.

Laura se assustou, e Ma veio em seu socorro rapidamente.

– O que foi, Laura?

A menina sussurrou:

– As estrelas estavam cantando.

– Você pegou no sono – Ma disse. – É só a rabeca. Agora é hora de as crianças irem para a cama.

Ela despiu Laura à luz da fogueira, vestiu a camisola nela, amarrou sua touca de dormir e depois a colocou na cama. A rabeca continuou cantando à luz das estrelas. A noite era preenchida pela música, e Laura tinha certeza de que parte dela vinha das estrelas grandes e brilhantes que pendiam baixo sobre a pradaria.

A casa na pradaria

Laura e Mary se levantaram antes do sol na manhã seguinte. Tomaram o café da manhã, que consistiu em mingau de farinha de milho com molho de lebre, e se apressaram a ajudar Ma a lavar a louça. Pa carregou a carroça e atrelou Pet e Patty.

Quando o sol nasceu, já estavam atravessando a pradaria. Não havia caminho a seguir. Pet e Patty prosseguiam com dificuldade através das gramíneas, enquanto a carroça deixava apenas as marcas das rodas para trás.

Antes do meio-dia, Pa disse:
– Alto! – A carroça parou. – Chegamos, Caroline! É aqui que vamos construir nossa casa.

Laura e Mary passaram por cima do comedouro e desceram depressa. Em toda a volta, não havia nada além de gramíneas, que se espalhavam até os limites da terra.

Bem perto deles, ao norte, estava a planície do riacho, abaixo da pradaria. Dava para ver algumas árvores de copa verde-escura e, mais além, trechos do costão em que as gramíneas da pradaria se sustentavam. A distância, ao leste, havia uma linha irregular de diferentes tons de verde. Pa disse que o rio passava ali.

– É o Verdigris – ele disse para Ma, apontando.

Ele e Ma começaram imediatamente a descarregar a carroça. Tiraram tudo e empilharam no chão. Então removeram a cobertura da parte de trás e armaram uma tenda sobre as coisas. Por último, tiraram a boleia, enquanto Laura, Mary e Jack só olhavam.

A carroça vinha sendo a casa deles havia um longo tempo. Agora, não restava nada além de quatro rodas e a peça que as conectava. Pet e Patty ainda estavam atreladas à lingueta. Pa pegou um balde e o machado, sentou-se na estrutura da carroça e foi embora. Ele dirigiu pela pradaria até sumir de vista.

– Aonde Pa vai? – Laura perguntou.

– Pegar toras de madeira na planície do riacho – Ma explicou.

Era estranho e assustador ficar na Alta Pradaria sem a carroça. A terra e o céu pareciam grandiosos demais, o que fazia Laura se sentir pequena. Ela queria se esconder em meio às gramíneas e ficar imóvel, como um tetraz. Mas não o fez. Ajudou Ma, enquanto Mary cuidava de Carrie, sentada na grama.

Primeiro, Laura e Ma arrumaram as camas, sob a barraca armada com a lona. Então Ma organizou as caixas e os fardos, enquanto Laura arrancava toda a grama da frente da tenda. Ali, poderiam fazer a fogueira, mas só depois que Pa voltasse com lenha.

Quando não havia mais nada a fazer, Laura foi explorar um pouco. Não se afastou muito da tenda, mas encontrou um estranho túnel nas gramíneas. Nem daria para notar olhando de cima para a grama ondulante, mas, quando se chegava a ele, ali estava: um caminho estreito e reto por entre as hastes, que se estendia pela pradaria sem fim.

Laura andou um pouco por ele. Foi devagar, cada vez mais devagar, até parar, sentindo-se estranha. Então deu meia-volta e retornou depressa. Quando olhava por cima do ombro, não via nada. Mas mesmo assim foi rápida.

Pa voltou, trazendo um carregamento de toras, e ela lhe contou sobre o caminho. Ele disse que o tinha notado no dia anterior.

– É uma antiga trilha – explicou.

Naquela noite, em frente à fogueira, Laura voltou a perguntar quando veria um *papoose*, mas Pa não sabia. Ele disse que índios só eram vistos quando queriam. Pa tinha visto alguns quando era pequeno, no estado de Nova York, mas Laura nunca vira um. Sabia que eram homens selvagens de pele vermelha, carregando machadinhas.

Pa sabia tudo sobre animais selvagens, portanto também devia saber tudo sobre homens selvagens. Laura achava que ele ia lhe mostrar um *papoose* um dia, assim como havia lhe mostrado filhotes de veado, urso e lobo.

Por dias, Pa arrastou toras. Fez duas pilhas delas, uma para a casa e outra para o estábulo. Um caminho começou a se formar, de tanto que ele ia e voltava da planície do riacho com a boleia. Pet e Patty se alimentaram das gramíneas da área em que ficavam presas à noite até que elas começaram a crescer curtas e grossas.

Pa começou construindo a casa. Marcou o tamanho no chão, depois, com a pá, abriu buracos rasos em dois lados. Para eles, rolou duas das maiores toras. Firmes e fortes, essas toras teriam que dar sustentação à casa. Eram os alicerces.

Então Pa escolheu outras duas toras grandes e sólidas e as rolou até a extremidade dos alicerces, formando um quadrado com as quatro. Com o machado, fez um entalhe largo e fundo na ponta de cada uma. Antes, havia medido com os olhos o tamanho dos alicerces, para que os entalhes encaixassem.

Em seguida, ele rolou as toras, que encaixaram direitinho.

Assim, a fundação da casa estava concluída. A casa estava com uma tora de altura. Os alicerces estavam parcialmente enterrados no chão, e as toras se ajustavam perfeitamente ao solo. Nos cantos, onde se encontravam, os entalhes permitiam que se encaixassem, de modo que ficassem todas do mesmo tamanho. As pontas se projetavam para além dos entalhes.

No dia seguinte, Pa deu início às paredes. Rolou uma tora para cada lado e entalhou as pontas para que se encaixassem nos cantos. Depois, levantou as toras e fez os entalhes para que se encaixassem acima das primeiras. Agora a casa tinha duas toras de altura.

As toras se encaixavam firmemente nos cantos, mas nenhuma era certinha, algumas eram mais grossas em uma extremidade, algumas na outra, de modo que surgiam algumas frestas. Não importava, porque Pa cobriria todas depois.

Ele construiu sozinho a casa, até chegar a três toras de altura. Então Ma começou a ajudar. Pa colocava a tora de pé, e Ma a segurava assim enquanto ele tirava a outra ponta do chão. Ele subia na parede para fazer os entalhes, e Ma ajudava a rolar e segurar o tronco enquanto Pa o posicionava bem, para formar o quadrado perfeito.

Tora a tora, as paredes foram subindo, até estarem tão altas que Laura não conseguia mais passar por cima delas. A menina estava cansada de ficar assistindo a Pa e Ma construírem a casa, por isso voltou a explorar em meio às gramíneas. De repente, ela ouviu Pa gritar:

– Solte! E saia de baixo!

Uma tora grande e pesada estava escorregando. Pa tentava segurar uma ponta, para impedir que caísse sobre Ma. Não conseguiu. A tora caiu. Ma foi ao chão.

Laura chegou a ela quase tão rápido quanto Pa. Ele se ajoelhou no chão e a chamou, morrendo de medo.

– Estou bem – Ma conseguiu dizer.

A tora tinha caído no pé dela. Pa a levantou, e Ma tirou o pé de baixo. Pa verificou se algum osso havia quebrado.

– Mexa os braços – ele disse. – Suas costas estão doendo? Você consegue virar a cabeça?

Ma moveu os braços e virou a cabeça.

– Graças a Deus – Pa disse. Ele ajudou Ma a se sentar.

– Estou bem, Charles – ela repetiu. – Foi só o pé.

Pa tirou o sapato e a meia dela, rapidinho. Apalpou todo o pé de Ma, depois movimentou o tornozelo, o peito do pé e todos os dedos.

– Dói muito? – ele perguntou.

O rosto de Ma estava acinzentado. Seus lábios eram uma linha fina.

– Não muito – ela disse.

– Não quebrou nenhum osso – Pa disse. – É só uma entorse feia.

– Bem, isso logo se resolve – disse Ma, animada. – Não fique tão chateado, Charles.

– A culpa é minha – Pa disse. – Eu deveria ter usado um trilho.

Ele ajudou Ma a chegar à tenda, então acendeu a fogueira e colocou água para esquentar. Quando estava tão quente quanto Ma seria capaz de suportar, foi para uma tina, em que ela enfiou o pé inchado.

O pé dela só não fora esmagado por sorte. O que o salvara fora um buraco no chão.

Pa ficava reabastecendo a tina de Ma. O pé estava vermelho da água pelando, e o tornozelo inchado já começava a ficar roxo. Ela tirou o pé da água e envolveu o tornozelo em tiras de tecido bem apertadas.

– Eu dou um jeito – Ma disse.

Ela não conseguia usar sapato. Enrolou mais algumas tiras no pé e se apoiou nele, mancando. Fez o jantar, como de costume, só que um pouco mais devagar. Pa disse que ela não poderia voltar a ajudar a construir a casa até que seu tornozelo tivesse sarado.

Ele fez trilhos. Eram placas de madeira compridas e planas. Uma extremidade ficava apoiada no chão, e a outra, na parede. Pa não ia mais levantar as toras: ele e Ma as subiriam pelos trilhos.

Mas o tornozelo de Ma ainda não estava bom. Quando ela o desenfaixava e mergulhava em água quente, à noite, ele continuava todo roxo, preto, verde e amarelo. A casa ia ter que esperar.

Uma tarde, Pa chegou do riacho, assoviando alegremente. Não esperavam que voltasse da caça tão cedo. Assim que as viu, ele gritou:

– Boas notícias!

Eles tinham um vizinho, a apenas três quilômetros de distância, do outro lado do riacho. Pa o havia encontrado na floresta. Iam ajudar um ao outro no trabalho, o que facilitaria a vida de todos.

– Ele é solteiro – Pa comentou. – Disse que pode ficar mais tempo sem uma casa que você e as meninas. Por isso, vai me ajudar primeiro. Assim que tiver separado as toras, vou ajudá-lo também.

Eles não precisariam esperar mais por uma casa, e Ma não teria que ajudar a construi-la.

– O que acha, Caroline? – Pa perguntou, animado.

– Isso é ótimo, Charles – Ma respondeu. – Fico feliz.

Logo cedo, no dia seguinte, o senhor Edwards chegou. Era um homem alto, magro e moreno. Baixou a cabeça para Ma e a chamou de "senhora", com toda a educação. Mas disse a Laura que era um gato selvagem do Tennessee. Usava botas de cano alto, um suéter velho e um chapéu de pele de guaxinim. Mascava tabaco e cuspia mais longe do que Laura achava que era possível. Também acertava onde queria. Laura não parava de tentar, mas nunca conseguia cuspir tão longe ou tão bem quanto o senhor Edwards.

Ele trabalhava rápido. Em um dia, as paredes já estavam da altura que Pa queria. Eles brincavam e cantavam durante o trabalho, com os machados fazendo lascas de madeira voar.

Acima das paredes, eles fizeram a estrutura do telhado, com varas finas. Depois, na face sul, abriram uma porta. Nas faces oeste e leste, abririam janelas.

Laura mal podia esperar para ver a casa por dentro. Assim que a porta foi aberta, ela correu para entrar. Era tudo listras lá. A luz do sol entrava pelas frestas na parede oeste, as varas do telhado projetavam sua sombra no chão. Listras de sol e sombra cobriam as mãos, os braços e os pés descalços de Laura. Através das frestas entre as toras, ela via listras da pradaria, cujo cheiro doce se misturava ao cheiro doce da madeira cortada.

Pa começou a cortar a madeira para abrir uma janela na parede oeste, e o sol começou a entrar mais. Quando ele terminou, havia um retângulo de sol no chão, dentro da casa.

Em torno do buraco da porta e dos buracos das janelas, Pa e o senhor Edwards pregaram placas finas de madeira. A casa estaria terminada se não fosse pelo teto. As paredes eram sólidas, e a casa era grande, muito maior que a tenda. Era uma bela construção.

O senhor Edwards disse que ia para casa, mas Pa e Ma insistiram para que ele ficasse para comer. Como eles teriam companhia, Ma preparou um jantar reforçado.

Havia lebre ensopada com bolinhos de farinha branca e bastante molho. Também havia pão de milho pelando e com gostinho de *bacon*, para ser comido com melaço. Como tinha visita, não adoçaram o café com melaço também: Ma pegou o saquinho de papel de açúcar marrom-claro da loja.

O senhor Edwards disse que tinha adorado o jantar.

Então Pa pegou a rabeca.

O visitante se esticou no chão para ouvir. Primeiro, Pa tocou para Laura e Mary, cantando junto. Era a música preferida das duas, e

Laura gostava principalmente porque a voz de Pa ia ficando cada vez mais grossa ao longo dela.

Ah, sou o rei dos ciganos,
venho e vou a meu bel-prazer!
Ponho meu velho chapéu
e o mundo é meu, é só querer.

Então sua voz ficava mais grave e mais grave, mais grave até que a da mais velha rã.

Ah,
  eu sou
    o
      rei
        dos
          CIGANOS!

Todos riram. Laura não conseguia parar.

– Ah, cante de novo, Pa! Cante de novo! – ela pediu, então recordou que crianças deviam ser vistas, e não ouvidas, e ficou quieta.

Pa continuou cantando, e tudo pareceu dançar. O senhor Edwards se apoiou em um cotovelo, depois se sentou, depois se pôs de pé de um pulo e dançou. Parecia uma marionete, dançando ao luar, enquanto a rabeca tocava, Pa batia o pé no chão, e Laura e Mary batiam as mãos e os pés.

– Você é o melhor rabequista que já ouvi! – o senhor Edwards gritou para Pa, admirado.

Ele não parou de dançar, e Pa não parou de tocar. Tocou "Dinheiro almiscarado", "O viajante do Arkansas", "A lavadeira irlandesa" e "A flauta do diabo".

Com toda a música, Carrie não conseguia dormir. Ela ficou sentada no colo de Ma, com os olhos arregalados para o senhor Edwards, batendo as mãozinhas e rindo.

Até a fogueira dançava, assim como as sombras à sua volta. Só a casa nova se mantinha imóvel e em silêncio na escuridão, até que a lua subiu no céu e iluminou as paredes cinza e as lascas amareladas em volta.

Então o senhor Edwards disse que precisava ir. Era um longo caminho até seu acampamento, do outro lado da floresta e do riacho. Ele pegou a arma e deu boa-noite para Laura, Mary e Ma. Disse que às vezes um homem solteiro se sentia solitário e que tinha adorado aquela noite em família.

– Toque, Ingalls! – ele disse. – Toque enquanto sigo meu caminho!

Assim, enquanto ele descia para o riacho e sumia de vista, Pa tocava. Ele, o senhor Edwards e Laura cantaram com todas as suas forças.

O velho Dan Tucker era um homem bom
que lavava o rosto sem sabão.
Penteava o cabelo com uma roda de carroça
e morreu de dor de dente em uma casa de palhoça.

Saia do caminho do velho Dan Tucker,
ele está atrasado para comer!
O jantar acabou e a louça está lavada,
da abóbora só sobrou uma garfada!

O velho Dan Tucker foi à cidade
montado em uma mula de certa idade...

O vozeirão de Pa ecoava pela pradaria, junto com a vozinha de Laura. Da planície do riacho, chegou o último resquício de voz do senhor Edwards:

Saia do caminho do velho Dan Tucker,
ele está atrasado para comer!

Quando a rabeca parou de tocar, já não ouviam mais o vizinho. Só ouviam o vento agitando as gramíneas. A lua grande e amarela estava bem alta. O céu estava tão iluminado que as estrelas nem piscavam. A pradaria estava toda sob a brandura das sombras.

Então, das árvores perto do riacho, chegou o canto de um rouxinol. Tudo ficou em silêncio, ouvindo seu canto. O pássaro cantou sem parar. O vento fresco soprava sobre a pradaria, e a música estava perfeita e clara, acima do sussurro das gramíneas. O céu era como uma tigela de luz virada de cabeça para baixo, sobre a terra plana e escura.

O canto parou. Ninguém se moveu ou falou. Laura e Mary ficaram em silêncio, Pa e Ma se mantiveram imóveis. Só o vento batia e as gramíneas suspiravam. Então Pa levou a rabeca ao ombro e o arco às cordas, suavemente. Seguiram-se algumas notas, como gotas de água na quietude. Depois de uma pausa, Pa começou a tocar a música do rouxinol. O pássaro respondeu, voltando a cantar. Cantava junto com a rabeca de Pa.

As cordas ficaram em silêncio, e o rouxinol continuou cantando. Quando parou, a rabeca o convidou a cantar mais. O pássaro e o instrumento conversavam ao luar, na noite fresca.

De mudança

– As paredes já subiram – Pa disse a Ma pela manhã. – É melhor fazermos a mudança, mesmo sem o piso e outros detalhes. Tenho que construir o estábulo o mais rápido possível, para que Pet e Patty fiquem protegidas também. Ontem à noite, ouvi lobos uivando de toda parte. Pareciam próximos.

– Bem, você tem sua arma. Não me preocupo – disse Ma.

– E temos Jack. Mas ficarei mais tranquilo com você e as meninas protegidas por quatro paredes sólidas.

– Por que acha que ainda não vimos nenhum índio? – Ma perguntou.

– Ah, não sei – Pa respondeu, sem pensar. – Vi o acampamento deles, entre as escarpas. Devem ter viajado para caçar, imagino.

Então Ma gritou:

– Meninas! O sol já nasceu.

Laura e Mary saíram da cama e se trocaram.

– Tomem o café da manhã depressa – Ma disse, colocando o que restava da lebre ensopada nos pratos de lata. – Vamos fazer a mudança hoje, e precisamos limpar todas as lascas antes.

Elas comeram depressa e foram tirar as lascas de dentro da casa. Corriam de um lado para o outro, o mais rápido possível, enchendo as saias de lascas e as jogando em uma pilha perto da fogueira. Mas ainda havia lascas dentro da casa quando Ma começou a varrer.

Ma continuava mancando, embora o tornozelo torcido estivesse começando a se recuperar. Ainda assim, ela varreu o chão de terra rapidinho, depois Mary e Laura a ajudaram a levar as coisas para dentro da casa.

Pa subiu em uma parede para esticar a lona da carroça sobre a estrutura de varas. O vento sacudia a lona e açoitava violentamente a barba de Pa, cujos cabelos estavam arrepiados. Ele segurou a lona com firmeza e lutou contra o vento. Em determinado momento, o vento bateu tão forte que Laura achou que Pa ia soltar a lona ou sair voando com ela, tal qual um pássaro. Mas ele usou as pernas para se manter firme à parede, segurou a lona e a amarrou.

– Pronto! – Pa disse, dirigindo-se à cobertura. – Fique onde está e se...

– Charles! – Ma o repreendeu. Estava carregada de colchas, olhando para ele.

– ... comporte! – Pa concluiu, para a lona. – O que você achou que eu ia dizer, Caroline?

– Ah, Charles! – Ma disse. – Seu vigarista!

Pa desceu pelo canto da casa. Como as pontas das toras se destacavam, podiam ser usadas como escada. Ele passou uma mão pelo cabelo, que ficou ainda mais arrepiado, fazendo Ma irromper em risos. Então a abraçou, embora ela ainda carregasse as colchas.

Os dois olharam para a casa.

— Não parece confortável? — Pa disse.

— Vai ser ótimo ficar dentro dela — disse Ma.

Ainda não havia porta ou janelas. Tampouco havia piso além da terra ou telhado além da lona. Mas a casa tinha paredes boas e sólidas e se manteria no lugar. Não era como a carroça, que todas as manhãs ia a um lugar diferente.

— Vamos nos sair bem aqui, Caroline — Pa disse. — É um ótimo terreno. Eu ficaria satisfeito neste lugar pelo resto da minha vida.

— Mesmo depois que o ocuparem? — Ma perguntou.

— Mesmo depois que o ocuparem. Não importa quão perto os vizinhos estiverem, sempre parecerá haver espaço aqui. Olhe só para o céu!

Laura entendia o que ele queria dizer. Também gostava daquele lugar. Gostava do céu enorme, do vento, da terra cujos limites nem se conseguia ver. Tudo parecia livre, grande e esplêndido.

Na hora do almoço, a casa já estava em ordem. As camas estavam arrumadas. O assento da carroça e duas pontas de toras tinham sido levados para dentro, para que se sentassem neles. A arma de Pa estava pendurada acima da porta. As caixas e os fardos estavam empilhados perto das paredes. Era uma casa agradável. A lona no alto permitia que uma luz suave entrasse, vento e sol chegavam pelos buracos da janela, e todas as frestas nas quatro paredes brilhavam um pouco, com o sol a pino.

Só a fogueira continuou onde estava. Pa disse que construiria uma lareira dentro da casa assim que pudesse. Também cortaria tábuas para fazer um teto sólido, antes que o inverno chegasse. Também cortaria tábuas para o piso e faria camas, mesas e cadeiras. Mas todo esse trabalho precisava esperar até que ele ajudasse o senhor Edwards e construísse um estábulo para Pet e Patty.

— Quando estiver tudo pronto — Ma disse —, quero um varal.

Pa riu.

– Sim. E eu quero um poço.

Depois de comer, ele atrelou Pet e Patty à carroça e trouxe uma tina de água do riacho, para que Ma pudesse lavar as roupas.

– Você poderia lavar direto no riacho – ele disse a ela. – É o que as índias fazem.

– Se eu quisesse viver como os índios, era só fazer um buraco no teto para deixar a fumaça sair e teríamos uma fogueira no chão de dentro da casa – Ma disse. – É o que os índios fazem.

Naquela tarde, ela lavou as roupas na tina e depois as espalhou na grama para secar.

Depois do jantar, eles ficaram algum tempo sentados diante da fogueira. Dormiriam na casa naquela noite; nunca mais dormiriam ao lado da fogueira. Pa e Ma conversaram sobre as pessoas de Wisconsin, e Ma comentou que gostaria de poder mandar uma carta. Mas Independence ficava a mais de sessenta quilômetros de distância, e para mandar o que quer que fosse era preciso que Pa fizesse a longa viagem até o correio de lá.

Na Grande Floresta, tão distante, vovô, vovó, os tios e os primos não sabiam onde Pa, Ma, Laura, Mary e Carrie estavam. Sentados ali, diante da fogueira, eles tampouco sabiam o que havia acontecido na Grande Floresta. E não tinham como descobrir.

– Bem, é hora de dormir – Ma disse. Carrie já tinha pegado no sono. Ma a levou para a casa e a despiu, enquanto Mary desabotoava o vestido de Laura e a cintura da anágua e Pa pendurava uma colcha no buraco da porta. Depois ele saiu para trazer Pet e Patty para mais perto da casa.

– Venha aqui, Caroline, ver a lua – ele disse, baixo.

Mary e Laura estavam deitadas em sua caminha no chão, dentro da casa nova, olhando para o céu através do buraco da janela, na parede voltada para o leste. A borda da lua grande e cintilante brilhava na beiradinha da janela. Laura se sentou. Ela olhou para a lua, silenciosa, no alto do céu aberto.

O luar deixava todas as frestas daquele lado da casa prateadas. A luz entrava pelo buraco da janela, projetando um quadrado de claridade no chão. Era forte o bastante para que Laura não tivesse dificuldade em ver Ma levantando a colcha para entrar.

A menina se deitou depressa, antes que Ma visse que ela estava sentada na cama.

Laura ouviu Pet e Patty relinchar suavemente para Pa. Depois, ouviu o leve barulho dos cascos delas se aproximar pelo chão. Enquanto Pet, Patty e Pa vinham na direção da casa, Laura o ouvia cantar:

Não vá embora, lua prateada!
Despeje seu brilho sobre nós...

A voz dele parecia conectada à noite, ao luar, à calmaria do lugar. Pa surgiu à porta, ainda cantando.

Pela luz fraca da lua...

Ma disse baixinho:

– Psiu, Charles. Vai acordar as meninas.

Pa entrou sem fazer barulho. Jack vinha atrás dele e se deitou à porta. Agora estavam dentro das paredes sólidas de seu novo lar, confortáveis e a salvo. Sonolenta, Laura ouviu um lobo uivar demoradamente, de algum ponto distante na pradaria, mas só sentiu o mais leve arrepio subir por sua espinha, e logo dormiu.

A alcateia

Em um único dia, Pa e o senhor Edwards construíram o estábulo para Pet e Patty. Chegaram até a fazer o telhado, mas trabalharam até tão tarde que Ma teve de atrasar o jantar.

O estábulo não tinha porta, mas, com a lua já no céu, Pa fincou dois postes robustos no solo, um de cada lado da entrada. Ele pôs as duas éguas para dentro, depois colocou toras pequenas e cortadas ao meio uma em cima da outra, para tampar o acesso. Os postes as seguravam, constituindo uma parede sólida.

– Pronto! – Pa disse. – Os lobos que uivem! Vou dormir bem nesta noite.

Pela manhã, quando ele tirou as toras que bloqueavam a entrada, Laura ficou surpresa. Ao lado de Pet, havia um potrinho cambaleante, com pernas e orelhas bem compridas.

Quando Laura correu na direção dele, Pet, em geral gentil, virou as orelhas para trás e deu uma abocanhada no ar.

– Fique longe, Laura! – Pa ordenou. Então se virou para a égua. – Quanto a você, Pet, sabe que não vamos machucar seu potrinho.

Ela respondeu com um leve relincho. Deixou que Pa acariciasse o potro, mas Laura e Mary não podiam nem se aproximar. Quando elas tentavam pelo menos vê-lo, através das fendas nas paredes do estábulo, Pet arregalava os olhos e arreganhava os dentes. As meninas nunca tinham visto um potro com orelhas tão compridas. Pa disse que era uma mula, e Laura disse que parecia mais uma lebre. Chamaram-na de Bunny.

Quando Pet estava amarrada e Bunny ficava brincando ao seu redor, descobrindo como o mundo era grande, Laura tinha que ficar de olho em Carrie. Se qualquer pessoa além de Pa chegasse perto do filhote, Pet guinchava de raiva e tentava morder.

Na tarde de domingo, Pa montou em Patty para dar uma olhada em volta. Havia bastante carne na casa, por isso ele não levou a arma.

Pa cavalgou pelas gramíneas altas e pela beirada das escarpas. Os pássaros saíam voando à frente dele, traçavam círculos no ar e depois mergulhavam na grama. Pa olhava para a planície do riacho enquanto cavalgava, talvez porque estivesse procurando veados pastando. Então Patty começou a galopar, e ela e Pa logo ficaram pequenininhos. Pouco depois, só se via a grama balançar onde haviam estado.

Pa demorou a voltar. Ma revirou as brasas na fogueira e acrescentou lascas, depois começou a fazer o jantar. Mary estava dentro de casa, cuidando da bebê. Laura perguntou a Ma:

– O que Jack tem?

O cachorro andava para cima e para baixo, parecendo preocupado. Franzia o focinho ao vento, e os pelos de seu pescoço se eriçavam e baixavam, depois se eriçavam de novo. De repente, ouviram-se os cascos de Pet. Amarrada, ela correu em círculo, depois parou, com um relincho baixo. Bunny foi para perto dela.

– O que foi, Jack? – Ma perguntou.

Ele olhou para ela, mas não podia dizer nada. Ma olhou para o céu e para a terra em volta. Não conseguiu identificar nada de incomum.

– Não deve ser nada, Laura – ela disse, então puxou as brasas para o bule, a frigideira suspensa e a panela de ferro.

A carne de lebre chiou na frigideira, e o pão de milho começou a soltar um cheiro bom. O tempo todo, Ma ficava olhando para a pradaria. Jack não parava de andar, e Pet não pastava. Ela olhava para o noroeste, para onde Pa havia ido, e mantinha o filhote por perto.

De repente, Patty veio correndo pela pradaria. Estava se esforçando ao máximo, com Pa quase deitado sobre seu pescoço.

A égua passou correndo pelo estábulo, sem que Pa conseguisse pará-la. Ele precisou usar tanta força que Patty quase caiu sentada. Estava tremendo toda, sua boca espumava, e seus pelos pretos estavam suados. Pa desmontou. Ele também respirava com dificuldade.

– O que aconteceu, Charles? – Ma perguntou.

Pa estava olhando para o riacho, por isso Mary e Laura olharam também. Só conseguiam ver o céu e a copa de algumas árvores, além das escarpas sob as gramíneas da Alta Pradaria.

– O que foi? – Ma insistiu. – Por que fez Patty correr tanto?

Pa respirou fundo.

– Estava com medo de que os lobos tivessem sido mais rápidos. Mas já vi que está tudo bem.

– Lobos! – ela exclamou. – Que lobos?

– Está tudo bem, Caroline – disse Pa. – Deixe-me só respirar um pouco. – Depois que se recuperou, Pa se explicou: – Tive que me esforçar para segurar Patty. Eram cinquenta lobos, Caroline, os maiores que já vi. Não quero passar por isso de novo, nem por muito dinheiro.

O sol se pôs, e as sombras tomaram conta da pradaria.

– Conto tudo depois – Pa disse.

– Vamos jantar dentro de casa – Ma disse.

– Não há necessidade – ele garantiu. – Jack pode nos avisar com tempo de sobra.

Ele soltou Pet e o filhote. Não levou os animais para beber água no riacho, como costumava fazer. Deixou que bebessem da tina, que já estava cheia, pronta para as roupas do dia seguinte. Depois limpou o flanco e as pernas suadas de Patty e a colocou no estábulo, com Pet e Bunny.

O jantar ficou pronto. A fogueira criava um círculo de luz na escuridão. Laura e Mary se mantiveram perto do fogo, com a bebê. Sentiam a escuridão à sua volta e ficavam olhando para trás, para onde ela se misturava com os limites da luz. Sombras se moviam ali, como se estivessem vivas.

Jack se sentou sobre as patas traseiras, ao lado de Laura. Suas orelhas estavam erguidas, sinal de que ele prestava atenção. De tempos em tempos, o cachorro adentrava um pouco as sombras. Dava a volta em toda a fogueira e ia se sentar de novo ao lado de Laura. Os pelos de seu pescoço estavam baixos, e ele não rosnava. Seus dentes estavam ligeiramente à mostra, mas isso porque Jack era um buldogue.

Laura e Mary comeram o pão de milho e as coxas da lebre, depois ouviram Pa contar a Ma sobre os lobos.

Ele havia encontrado mais vizinhos. Colonos vinham chegando e se estabelecendo dos dois lados do riacho. A menos de cinco quilômetros de distância, em uma depressão na Alta Pradaria, um casal estava construindo uma casa. O marido se chamava Scott, e Pa disse que ele e a esposa eram boas pessoas. Cerca de dez quilômetros depois deles, dois homens solteiros viviam em uma casa. Tinha uma fazenda cada um, e haviam construído uma casa no meio. A cama de um ficava encostada a uma parede, e a cama do outro, à parede oposta. Assim, cada um dormia na sua própria fazenda, embora morassem na mesma casa, que tinha apenas dois metros e meio de comprimento. Os dois cozinhavam e comiam juntos, no meio da casa.

Até então, Pa não havia dito nada sobre os lobos. Laura queria que ele fosse direto ao assunto. Mas sabia que não devia interrompê-lo enquanto ele falava.

Pa disse que os dois homens não sabiam que havia mais gente por ali. Não tinham visto ninguém além de índios. Por isso, haviam ficado felizes ao vê-lo, e ele acabara ficando mais tempo com os dois do que pretendia.

Ao seguir em frente, de uma pequena elevação na pradaria, Pa viu um borrão branco na planície do riacho. Achou que talvez fosse uma carroça com cobertura, o que de fato era. Quando chegou a ela, deparou com um casal e cinco crianças. Tinham vindo de Iowa e acampado na planície porque um dos cavalos ficara doente. O animal já estava melhor, mas, por ficar tão perto do rio durante a noite, tinham contraído sezão. O homem, a esposa e os três filhos mais velhos se encontravam doentes demais para ficar de pé. Quem vinha cuidando deles eram o menino e a menina mais novos, que não deviam ser maiores que Mary e Laura.

Pa fez o que podia por eles, depois voltou até a casa dos dois homens para lhes contar sobre a família. Um deles seguiu a cavalo para buscá-los imediatamente, com o propósito de levá-los para a Alta Pradaria, onde logo se recuperariam.

Uma coisa levara a outra, e Pa se pôs de volta para casa mais tarde do que pretendia. Ele pegou um atalho e seguia montado em Patty quando, de repente, uma alcateia saiu de uma baixada e cercou Pa de todos os lados.

– Era um grupo grande – ele disse. – Uns cinquenta lobos, dos maiores que já vi. Deve ser o que chamam de lobo-das-grandes-planícies. O líder era um monstro cinza, enorme. Fiquei de cabelo em pé.

— E você estava sem a arma — disse Ma.

— Pensei nisso. Mas, de qualquer maneira, a arma não teria a menor utilidade. Não dá para enfrentar cinquenta lobos com uma arma. E Patty não ia ganhar deles na corrida.

— O que você fez? — Ma perguntou.

— Nada — disse Pa. — Patty fez menção de fugir. Nunca quis nada na vida quanto me mandar dali. Mas eu sabia que, se ela começasse a correr, os lobos nos pegariam e derrubariam em um minuto. Por isso fiz com que ela seguisse em frente normalmente.

— Meu Deus, Charles! — Ma exclamou, baixo.

— Pois é. Não quero passar por isso de novo por nada neste mundo. Nunca vi lobos iguais, Caroline. Um bem grande trotava ao nosso lado, bem perto do estribo. Daria para chutar as costelas dele. Mas os bichos não prestavam muita atenção em mim. Deviam ter acabado de caçar, e estavam cheios. Eles simplesmente se fecharam sobre nós e trotaram conosco. Em plena luz do dia, Caroline. Como uma matilha de cães acompanhando um cavalo. Estavam a toda a nossa volta, trotando, pulando, brincando e provocando uns aos outros, igualzinho a cachorros.

— Meu Deus, Charles! — Ma repetiu.

O coração de Laura batia forte, sua boca estava escancarada, seus olhos estavam arregalados e fixos em Pa.

— Patty tremia toda e relutava um pouco — Pa prosseguiu. — Ela suava, de tão assustada. Eu, também. Fiz com que ela continuasse andando, e seguimos acompanhados pelos lobos. Eles continuaram com a gente por uns quinhentos metros ou mais. O grandalhão se mantinha ao lado do estribo como se não fosse ficar por ali mesmo.

"Então chegamos à entrada de uma baixada, que levava ao riacho. O líder, cinza e grandalhão, desceu por ali, e o restante da alcateia seguiu logo atrás. Assim que o último partiu, liberei Patty para correr.

"Ela veio direto para casa, pela pradaria. Não conseguiria correr mais rápido nem se eu usasse um chicote nela. Vim até aqui assustado. Achei que os lobos poderiam ter vindo por outro caminho e chegado antes de mim. Ainda bem que a arma ficou aqui, Caroline. E ainda bem que construímos a casa. Eu sabia que você conseguiria manter os lobos a distância, com a espingarda. Mas Pet e o filhote estavam do lado de fora."

– Você não precisava ter se preocupado, Charles – Ma disse. – Eu teria protegido as éguas.

– Eu não estava pensando direito – Pa disse. – Sei que você teria feito isso, Caroline. Os lobos não importunariam vocês. Se estivessem com fome, eu não estaria aqui para...

– Cuidado com o que diz – Ma disse. Ela não queria que Pa assustasse Mary e Laura.

– Enfim, bem está o que bem acaba – Pa disse. – E os lobos devem estar a quilômetros daqui agora.

– Por que será que eles se comportaram assim? – Laura perguntou.

– Não sei, Laura – ele disse. – Talvez tivessem acabado de se empanturrar e estivessem a caminho do riacho, para beber água. Talvez estivessem brincando na pradaria, sem ligar para o que acontecia em volta, como menininhas às vezes fazem. Talvez tenham percebido que eu não carregava arma e não ia lhes fazer mal. Talvez nunca tivessem visto um homem e não soubessem que eu poderia representar uma ameaça. Por isso nem me deram atenção.

Pet e Patty caminhavam sem parar dentro do estábulo. Jack dava a volta na fogueira. Ele parou, farejou e ergueu as orelhas, com os pelos do pescoço eriçados.

– Hora de as crianças irem para a cama! – Ma disse, animada. A bebê nem tinha dormido ainda, mas Ma botou todos para dentro de casa. Ela mandou que Laura e Mary se deitassem, então vestiu a camisola em Carrie e a colocou na cama grande. Depois saiu para lavar a louça. Laura queria que Pa e Ma também viessem para dentro de casa. Lá fora parecia muito longe.

As meninas se comportaram e ficaram no lugar, mas Carrie se sentou e começou a brincar sozinha. No escuro, o braço de Pa entrou pela colcha à porta e pegou a arma, sem fazer barulho. Perto da fogueira, os pratos tilintavam. Uma faca raspou a frigideira. Ma e Pa começaram a conversar, e Laura sentiu cheiro de fumaça de tabaco.

A casa era segura, mas a sensação não era essa, porque a arma de Pa não estava sobre a porta. E não havia porta, só uma colcha estendida.

Depois de um longo tempo, Ma ergueu a colcha. Àquela altura, a bebê já tinha pegado no sono. Ma e Pa entraram em silêncio e foram para a cama em silêncio. Jack se deitou à entrada, mas não descansou a cabeça sobre as patas da frente. Ele a manteve erguida, atento. Ma respirava suavemente, mas Pa respirava pesado. Mary também estava dormindo. Laura apertou os olhos no escuro, para enxergar Jack melhor. Não sabia dizer se os pelos do pescoço dele estavam eriçados ou não.

De repente, viu-se sentada na cama. Dormira. A escuridão se fora. O luar entrava por todas as frestas na parede e pelo buraco da janela, onde Pa estava, sua figura escura contra o luar. Ele segurava a arma.

Um lobo uivou, no ouvido de Laura.

Ela se afastou da parede. O lobo estava do outro lado. Laura estava assustada demais para fazer barulho. Não foi apenas sua espinha que gelou, mas seu corpo todo. Mary puxou as cobertas sobre a cabeça. Jack rosnou e arreganhou os dentes para a colcha à porta.

– Quieto, Jack – Pa disse.

Uivos terríveis de toda parte se esgueiravam para dentro da casa. Laura se levantou da cama. Queria ir até Pa, mas sabia que não devia incomodá-lo. Ele virou a cabeça e a viu ali, de camisola.

— Quer ver, Laura? — ele perguntou, baixo. Ela não conseguiu dizer nada, mas assentiu e foi até Pa. Ele apoiou a arma na parede e a levantou para que olhasse pela janela.

Havia um semicírculo de lobos ao luar. Estavam todos sentados sobre as patas de trás, olhando para Laura na janela, que olhava para eles. A menina nunca tinha visto lobos tão grandes. O maior era mais alto que ela. Era mais alto até que Mary. Ele estava no meio, bem em frente de Laura. Tudo nele era grande: suas orelhas pontudas, sua boca, da qual a língua se projetava, seus ombros e pernas fortes, suas patas traseiras lado a lado, seu rabo enrolado. Sua pele era cinza e desgrenhada, e seus olhos brilhavam, verdes.

Laura enfiou os dedos dos pés em uma fresta na parede, apoiou os braços cruzados sobre a abertura da janela e ficou olhando para o lobo. No entanto, não colocou a cabeça para fora, com os lobos sentados tão próximos, mexendo as patinhas e lambendo os beiços. Pa se mantinha firme atrás dela, abraçando sua cintura.

— Ele é muito grande — Laura sussurrou.

— Pois é. E veja como o pelo dele brilha — Pa sussurrou no cabelo dela. O luar fazia brilhar a ponta dos pelos desgrenhados do enorme lobo.

— Estão em toda a volta da casa — Pa sussurrou. Laura foi até a outra janela. Ele apoiou a arma contra aquela parede e voltou a levantá-la. Dali dava para ver a outra metade do círculo de lobos. Seus olhos verdes brilhavam à sombra da casa. Laura ouvia sua respiração. Quando viram que Pa e Laura olhavam, os que estava no meio recuaram um pouco.

Pet e Patty guinchavam e corriam dentro do estábulo. Seus cascos batiam no chão e nas paredes.

Depois de um momento, Pa voltou à outra janela, e Laura o seguiu. Chegaram bem a tempo de ver o lobo maior erguer cabeça até que o focinho apontasse para o céu. Ele abriu a boca e soltou um longo uivo para a lua.

Em toda a volta, o círculo de lobos apontou o focinho para o céu e respondeu. Os uivos estremeceram a casa, preencheram a noite e se espalharam através do vasto silêncio da pradaria.

– Agora volte para a cama, canequinha – Pa disse. – Vá dormir. Jack e eu tomaremos conta de todos.

Laura foi se deitar. Por um longo tempo, no entanto, não dormiu. Ficou ouvindo a respiração dos lobos, do outro lado da parede de toras. Ela os ouviu arranhar o chão, e um focinho farejando a uma fresta. Depois ouviu o líder, grande e cinza, uivar de novo, e todos os outros responder.

Em silêncio, Pa se alternava entre as janelas, enquanto Jack ia de um lado para o outro da colcha estendida na abertura da porta. Os lobos podiam uivar, mas não entrariam enquanto Pa e Jack estivessem ali. Assim, Laura acabou pegando no sono.

Duas portas sólidas

Laura sentiu um suave calor no rosto e abriu os olhos para o sol da manhã. Mary falava com Ma, à fogueira. Laura correu lá para fora, só de camisola. Não havia mais lobos para ver: restavam apenas seus rastros em volta da casa e do estábulo.

Pa chegou assoviando pelo caminho que levava ao riacho. Ele pendurou a arma no lugar e levou Pet e Patty para beber água do riacho, como de costume. Tinha seguido os rastros dos lobos até garantir que eles estavam bem longe, seguindo uma bando de veados.

As éguas se assustaram com as pegadas dos lobos e ergueram as orelhas. Pet manteve o filhote por perto. Mas foram com Pa, que sabia que não havia nada a temer.

O café da manhã estava pronto. Quando Pa voltou do riacho, eles se sentaram à fogueira e comeram mingau frito e tetraz com batatas. Pa disse que ia fazer uma porta naquele mesmo dia. Queria que da próxima vez houvesse mais que uma colcha entre eles e os lobos.

– Não tenho mais pregos, mas não posso esperar até ir a Independence – ele disse. – Um homem não precisa de pregos para construir uma casa ou fazer uma porta.

Depois do café, ele atrelou Pet e Patty à carroça, pegou o machado e foi buscar madeira. Laura ajudou a lavar a louça e arrumar a cama, e Mary ficou cuidando de Carrie. Laura também ajudou Pa a fazer a porta. Mary ficou olhando, mas era Laura quem passava as ferramentas a ele.

Pa serrou as toras até que ficassem do tamanho certo. Depois, serrou partes menores, para a horizontal. Então, com o machado, cortou as toras em tábuas e as deixou bem lisas. Dispôs as tábuas compridas no chão e pôs as mais curtas por cima, de atravessado. Com o trado, abriu buracos nas tábuas de atravessado, que iam até as mais compridas. Em cada buraco, enfiou uma cavilha de madeira, que encaixava perfeitamente.

A porta estava feita. Era uma boa porta de carvalho, firme e forte.

Para as dobradiças, ele cortou três correias compridas. Uma ficaria na parte de cima da porta, uma na parte de baixo e outra no meio.

Pa as prendeu à porta primeiro, da seguinte maneira. Primeiro, colocou um pedaço pequeno de madeira na porta e fez um buraco, atravessando ambos. Depois, enrolou no pedacinho de madeira uma ponta da correia, na qual tinha feito alguns furos com a faca. Ele retornou o pedaço de madeira à porta, com a ponta da correia enrolada, e todos os furos alinhados de modo a formar um só. Laura lhe passou um martelo e um pino, que ele enfiou pelos buracos. O pino passou pela correia, pelo pedaço de madeira, pelo outro lado da correia e pela porta. Aquilo manteria a correia firme no lugar.

– Eu disse que não precisava de pregos! – Pa exclamou.

Depois que havia prendido as três dobradiças na porta, ele a posicionou na entrada. Deu certinho. Pa prendeu alguns pedaços de madeira no recorte da porta, para impedir que ela abrisse para fora. Ele voltou a posicioná-la. Laura ajudou a mantê-la no lugar enquanto Pa prendia as dobradiças ao batente.

Antes disso, ele já havia feito uma trava, porque precisavam de uma maneira de manter a porta fechada, claro.

Pa fez a trava assim. Primeiro, cortou um pedaço curto e grosso de carvalho. No meio de um lado, fez um entalhe largo e profundo. Ele prendeu essa peça do lado de dentro da porta, em cima e em baixo, perto da beirada. O lado do entalhe ficava virado para a porta, de modo a funcionar como um encaixe.

Em seguida, ele cortou e esculpiu um pedaço mais comprido e mais estreito. Era fino o bastante para se encaixar facilmente no entalhe. Pa enfiou uma ponta no entalhe e prendeu a outra à porta.

Mas ele não prendeu muito firme. O pino estava firme na porta, claro, mas o buraco era grande demais. A única coisa que segurava a peça na porta era o encaixe.

A peça era a trava. Virava facilmente, e a ponta solta se movia para cima e para baixo no encaixe. A ponta solta era comprida o bastante para atravessar o encaixe e a fresta entre a porta e a parede e para chegar à parede quando a porta estava fechada.

Depois que Pa e Laura instalaram a porta, ele marcou o ponto na parede aonde a ponta da trava chegava. Ali, pregou um belo pedaço de carvalho, cortado em cima, para que a trava pudesse se encaixar entre ele e a parede.

Laura fechou a porta, levantando a ponta da trava tão alto quanto chegava. Então deixou que baixasse atrás do pedaço de carvalho. Assim, a trava ficava segura contra a parede, e a peça que subia e descia mantinha a trava em seu encaixe na porta.

Ninguém conseguiria entrar sem partir em duas aquela trava tão forte.

Mas era preciso que houvesse uma maneira de levantar a trava de fora. Por isso, Pa fez um cordão para abrir o trinco, cortando uma tira comprida de couro de qualidade. Ele amarrou uma ponta à trava, entre o pino e o encaixe. Acima, fez um furinho na porta e passou a outra ponta do cordão por ali.

Laura ficou do lado de fora. Quando a ponta do cordão passou pelo buraco, ela a pegou e puxou. Conseguiu puxá-la, levantar a trava e entrar sozinha.

A porta estava concluída. Era forte e robusta, feita de carvalho grosso e com tábuas na horizontal, e estava bem presa, com pinos firmes. Havia um cordão para abrir do lado de fora, de modo que quem quisesse entrar só precisava puxá-lo. Se quem estivesse dentro quisesse impedir outros de entrarem, era só puxar o cordão de volta pelo buraco. A porta não tinha maçaneta, fechadura ou chave, mas era de qualidade.

– Foi um bom dia de trabalho! – Pa disse. – E tive uma boa ajudante!

Ele abraçou a cabeça de Laura, recolheu suas ferramentas e as guardou, assoviando, depois foi desamarrar Pet e Patty e levá-las para beber água. O sol estava se pondo, e a brisa estava mais fresca. O jantar estava no fogo, e o cheiro era o mais delicioso que Laura já havia sentido.

Comeram todo o porco salgado que restava, de modo que no dia seguinte Pa precisou caçar. No outro, ele e Laura fizeram a porta do estábulo.

Era igualzinha à porta de casa, só que não tinha trava. Pet e Patty não saberiam usá-la e não poderiam puxar o cordão para dentro à noite. Em vez de trava, Pa fez um buraco na porta e passou uma corrente por ali.

À noite, ele passaria a corrente por entre uma fresta nas toras da parede do estábulo e juntaria as pontas com um cadeado. Assim, ninguém mais poderia entrar no estábulo.

– Agora está tudo pronto! – Pa disse.

Quando vizinhos começassem a chegar àquela região, seria melhor trancar as éguas à noite, porque, assim como onde havia veados havia lobos, onde havia cavalos havia ladrões de cavalo.

No jantar daquela noite, Pa disse a Ma:

– Assim que terminarmos a casa de Edward, vou construir a lareira, para que você possa cozinhar dentro de casa, longe do vento e da chuva. Nunca vi um lugar tão ensolarado, mas imagino que uma hora vá ter que chover.

– Sim, Charles – Ma disse. – O bom tempo nunca dura para sempre nesta terra.

A lareira

Do lado de fora da casa, perto da parede de toras oposta àquela em que ficava a porta, Pa arrancou a grama e deixou o chão bem liso. Estava começando a preparação para construir a lareira.

Pa e Ma voltaram a colocar a boleia sobre as rodas, depois ele atrelou Pet e Patty à carroça.

O sol nascente encurtava todas as sombras. Centenas de cotovias-do-prado levantavam voo da pradaria, cantando cada vez mais alto no céu. Sua voz chegava do céu amplo e limpo como uma chuva de músicas. Por toda a terra, onde as gramíneas balançavam e murmuravam ao vento, milhares de pequenos passarinhos se seguravam com suas garrinhas às ervas florescendo, cantando milhares de musiquinhas.

Pet e Patty farejaram o vento e relincharam de alegria. Arquearam o pescoço e rasparam o casco no chão, porque estavam loucas para ir. Pa assoviava ao subir no assento da carroça e pegar as rédeas. Ele olhou para Laura, que olhava para ele. Então parou de assoviar e disse:

– Quer ir junto, Laura? Você e Mary?

Ma disse que elas podiam ir. As duas subiram pela roda, com os pés descalços nas traves, e se sentaram ao lado de Pa. Pet e Patty saíram com um pulinho, e a carroça seguiu sacolejando pelo caminho aberto anteriormente pelas rodas do veículo.

Eles desceram por entre os paredões de terra vermelho-amarelada, sem nenhuma vegetação, escarpados e sulcados pelas chuvas do passado. Então seguiram em frente, pela terreno levemente ondulado da planície do riacho. Aglomerados de árvores cobriam parte das colinas baixas e redondas, enquanto outra parte era de gramados abertos. Havia veados deitados à sombra das árvores, outros pastavam ao sol, aproveitando a grama verde. Eles levantavam a cabeça, e suas orelhas tremiam, mas continuavam mastigando e observando a carroça com seus olhos grandes e brandos.

Ao longo da estrada, as esporas selvagens davam flores cor-de-rosa, azuis e brancas, pássaros se equilibravam nas plumas amarelas dos solidagos e borboletas esvoaçavam. Margaridas radiantes iluminavam as sombras sob as árvores, esquilos chilravam nos galhos mais acima, coelhos de rabo branco pululavam pela estrada, e cobras a atravessavam rapidamente ao ouvir o som da carroça se aproximando.

Nas profundezas da parte mais baixa do vale, o riacho corria, à sombra das escarpas. Quando Laura olhava para cima, não conseguia ver as gramíneas da pradaria.

Árvores cresciam onde a terra havia desmoronado; onde o terreno era tão íngreme que isso não era possível, arbustos se seguravam desesperadamente, pelas raízes. Raízes parcialmente expostas eram visíveis lá em cima.

– Onde fica o acampamento dos índios? – Laura perguntou a Pa.

Ele havia visto um acampamento vazio, em meio às escarpas. Mas estava ocupado demais para mostrá-los a elas agora. Tinha ido às pedras certas para construir a lareira.

– Podem ficar brincando – ele disse –, mas não sumam de vista nem entrem na água. E não brinquem com cobras. Algumas são venenosas.

Laura e Mary brincaram na margem do riacho, enquanto Pa pegava as pedras que queria e colocava na carroça.

Elas viram baratas-d'água de pernas compridas patinar sobre as piscinas cristalinas. Correram ao longo da margem para assustar os sapos, verdes com manchas brancas, e riram quando eles mergulharam na água. Ouviram o chamado dos pombo-torcazes desde as árvores, e o canto dos tordos-de-cabeça-marrom. Viram peixinhos nadar juntos nas partes rasas, em que o riacho corria cristalino. Eram como pequenas sombras cinza na água corrente, que piscavam de vez em quando, com o reflexo do sol em sua barriga prateada.

Não ventava no riacho. O ar se mantinha parado, em um clima quente e sonolento. O cheiro era de raízes úmidas e lama, e o barulho era de constante farfalhar e água correndo.

Nos pontos mais enlameados, onde as pegadas de veado ficavam mais claras e acumulavam água, enxames de mosquitos se reuniam, zunindo forte. Laura e Mary tentavam matá-los com tapas no rosto, no pescoço, nas mãos e nas pernas, desejam que eles fossem embora. As duas estavam com muito calor, e a água parecia refrescante. Laura tinha certeza de que não faria mal colocar só um pé no riacho. Quando Pa se virou, ela quase o fez.

– Laura – ele disse, e ela recolheu o pé travesso na mesma hora.

– Se quiserem entrar, podem ir na parte mais rasa. Não passem dos tornozelos – Pa disse.

Mary entrou só um pouquinho. Disse que as pedrinhas machucavam seus pés, sentou-se em um tronco e ficou espantando os mosquitos, com toda a paciência. Mas Laura entrou, também espantando os mosquitos e sentindo as pedrinhas machucar seus pés. Ela ficou parada, e os peixinhos se reuniram em volta de seus pés e os beliscaram com a boca. Aquilo fazia cócegas. Laura tentou pegar um, mas só conseguiu molhar a barra do vestido.

Quando terminou de carregar a carroça, Pa gritou:

– Vamos, meninas!

Todos subiram no assento e foram embora. Passaram de novo pelas árvores e pelas colinas, até a Alta Pradaria, onde o vento sempre soprava e as gramíneas pareciam cantar, sussurrar e rir.

Tinha sido divertido na planície do riacho, mas Laura preferia a Alta Pradaria. Era ampla, agradável e desimpedida.

Naquela tarde, Ma se sentou à sombra da casa para costurar, enquanto Carrie brincava em uma colcha perto dela e Laura e Mary assistiam a Pa construir a lareira.

Primeiro, ele misturou barro e água no balde de beber das éguas, até formar uma bela lama. Depois, deixou que Laura misturasse a lama enquanto ele montava uma fileira de pedras em três lados do espaço que havia aberto, perto da parede da casa. Com uma pá de madeira, Pa espalhou a lama por cima das pedras. Então colocou outra fileira de pedras sobre a lama e passou mais em cima e na parte de dentro.

Ele construiu uma caixa no chão, sendo que três lados eram feitos de pedras e lama, enquanto o quarto era a parede de toras da casa.

Com pedras, lama, mais pedras e mais lama, subiu paredes que chegavam ao queixo de Laura. Depois, perto da casa, pôs uma tora, que cobriu toda de lama.

Pa colocou pedras e lama sobre a tora. Estava fazendo a chaminé, que ia se fechando conforme subia.

Ele teve que ir até o riacho, para buscar mais pedras. Laura e Mary não puderam ir junto, porque Ma disse que o ar úmido podia deixar as duas com febre. Mary se sentou ao lado de Ma e costurou outro quadrado de sua colcha, enquanto Laura misturava outro balde de lama.

No dia seguinte, Pa deixou a chaminé tão alta quanto a parede da casa. Ele olhou para ela e passou os dedos pelo cabelo.

– Você está parecendo um selvagem, Charles – Ma disse. – Com o cabelo todo em pé.

– Ele não tem jeito, Caroline – Pa respondeu. – Quando eu estava cortejando você, nunca assentava, não importava quanta banha de urso eu passasse.

Ele se deixou cair na grama, aos pés dela.

– Estou esgotado, de tanto levantar pedras.

– Você se saiu bem, construindo sozinho uma chaminé tão alta – Ma disse. Ela passou uma mão pelo cabelo dele, que ficou mais arrepiado que nunca. – Por que não o restante de pau a pique?

– Seria mais fácil – ele admitiu. – Acho que vou fazer isso mesmo.

Ele se pôs de pé.

– Fique aqui na sombra e descanse um pouquinho – Ma disse, mas Pa balançou a cabeça.

– Não posso ficar à toa aqui enquanto há trabalho a ser feito, Caroline. Quanto antes terminar a lareira, antes você vai poder cozinhar dentro de casa, sem vento.

Pa buscou brotos na floresta, cortou, entalhou e montou uma estrutura na parte de cima da chaminé. Conforme o fazia, preenchia os espaços com lama. Assim, concluiu a chaminé.

Então entrou na casa, e com o machado e a serra abriu um buraco na parede, cortando as toras que constituíam a parede de trás da chaminé. A lareira estava pronta.

Era grande o bastante para que Laura, Mary e Carrie se sentassem nela. A parte de baixo era o terreno que Pa havia capinado, e a da frente era onde ele havia cortado as toras. No alto, ficava o tronco que Pa havia coberto de lama.

Ele fixou uma tábua grossa de carvalho verde de cada lado, na extremidade cortada das toras. Depois, nos cantos superiores, prendeu pedaços de carvalho à parede, nos quais apoiou uma tábua de carvalho e prendeu bem firme. Era a cornija.

Assim que estava pronta, Ma colocou ali o bibelô de porcelana que havia trazido da Grande Floresta. A peça tinha percorrido todo o caminho sem se quebrar. Ficou ali, na cornija, com seus sapatinhos de porcelana, sua saia rodada de porcelana e seu corpete apertado de porcelana, além de suas bochechas rosadas, seus olhos azuis e seu cabelo dourado, tudo de porcelana.

Pa, Ma, Mary e Laura ficaram admirando a lareira. Só Carrie não lhe dava valor. Ela apontou para o bibelô de porcelana e gritou quando Mary e Laura disseram que ninguém além de Ma podia tocar nele.

– Você vai ter que tomar cuidado com o fogo, Caroline – Pa disse. – Não podem subir faíscas pela chaminé, ou vai acabar pegando fogo na lona. É um tecido que queima fácil. Assim que possível, vou fazer tábuas e um teto de verdade, para que não precise se preocupar.

Com cuidado, Ma fez uma fogueirinha na lareira nova e assou um tetraz para o jantar. Naquela noite, eles comeram dentro de casa.

Sentaram-se à mesa, próximos à janela que dava para oeste. Pa tinha feito uma mesa rapidinho, com duas tábuas carvalho. Uma ponta das tábuas encaixava em uma fenda na parede, enquanto a outra ficava apoiada em toras curtas, de pé. Ele tinha alisado as tábuas com o machado. A mesa ficava bem bonita com uma toalha em cima.

As cadeiras eram pedaços de troncos grossos. O chão era de terra, e Ma o mantinha limpo com sua vassoura de galhos de salgueiro. As camas ficavam no chão, ao canto, bem arrumadas, com colchas de retalhos. Os raios do sol se pondo entravam pela janela e enchiam a casa de uma luz dourada.

Do lado de fora, até os limites do céu cor-de-rosa, o vento soprava, e as gramíneas balançavam.

Dentro de casa, tudo era agradável. O tetraz assado estava suculento. As mãos e o rosto de Laura tinham sido lavados, seu cabelo estava penteado, e ela usava um guardanapo amarrado no pescoço. Laura se endireitou no tronco e usou o garfo e a faca direitinho, como Ma havia ensinado. Não disse nada, porque crianças não deviam falar à mesa, a menos que alguém se dirigisse a elas, mas olhou para Pa, Ma, Carrie, que estava no colo dela, e Mary, e ficou satisfeita. Era gostoso voltar a morar em uma casa.

Telhado e piso

Laura e Mary ficavam ocupadas o dia todo, todo dia. Mesmo depois que a louça estava lavada e as camas estavam arrumadas, ainda havia muito a fazer, a ver e a ouvir.

Elas procuravam ninhos de pássaros em meio às gramíneas altas, e, quando os encontravam, as mães protestavam e ralhavam. Às vezes, as meninas tocavam um ninho, com todo o cuidado, e de repente o que parecia apenas penugem se transformava em bicos escancarados, grasnando de fome. Então a mãe ralhava com elas, e Mary e Laura iam embora em silêncio, porque não queriam deixá-la preocupada.

As duas ficavam quietinhas como ratos em meio às gramíneas altas, observando os bandos de filhotinhos de tetrazes-da-pradaria, correndo e bicando em volta das mães marrons, que cacarejavam ansiosamente. Elas viam cobras listradas rastejar por entre as hastes ou tão imóveis que apenas suas linguinhas agitadas e seus olhos brilhantes revelavam que estavam vivas. Não eram venenosas e não machucariam ninguém, mas Laura e Mary não tocavam nelas. Ma dizia que era melhor deixar as cobras sossegadas, porque algumas picavam, e era melhor prevenir que remediar.

Às vezes, um coelho cinza aparecia, tão imóvel em meio às luzes e sombras das gramíneas que de repente elas se viam perto o bastante para tocá-lo. Se ficassem quietinhas, podiam passar um longo tempo olhando para ele. Os olhos redondos do coelho ficavam fixos nos delas, sem transmitir nada. Ele balançava o nariz, e a luz rosada do sol revelava suas longas orelhas, com veias delicadas e pelos curtos e macios na parte externa. O restante dos pelos era tão grosso e macio que elas acabavam não conseguindo se segurar e tentavam tocá-lo, com todo o cuidado.

Então o coelho desaparecia, em um piscar de olhos, e no lugar onde estivera sentado restava apenas uma depressão ainda quente do traseiro dele.

O tempo todo, Laura ou Mary cuidavam de Carrie, a não ser quando ela estava tirando sua soneca, à tarde. Então elas se sentavam ao sol e ao vento, de modo que Laura até se esquecia da bebê dormindo. Ela se levantava de um pulo, corria e gritava, até que Ma aparecia à porta e dizia:

– Por favor, Laura. Precisa gritar como um índio? Vocês duas estão começando a parecer selvagens! Por que não usam as toucas, como mandei?

Pa estava no alto da casa, trabalhando no telhado. Ele olhou para as meninas e riu.

– Um, dois, três indiozinhos... – cantarolou. – Não, são só duas indiazinhas.

– Com você, três – Mary disse a ele. – Também está ficando moreno.

– Mas você não tem nada de "inho" – disse Laura. – Pa, quando vamos ver um *papoose*?

– Pelo amor de Deus! – Ma exclamou. – Para que quer ver um bebê índio? Ponha a touca agora e esqueça essa bobagem.

A touca de Laura estava pendurada em suas costas. Ela a puxou pela fita, que roçou em suas bochechas. Com a touca, Laura só conseguia ver o que estava imediatamente à frente, motivo pelo qual sempre a tirava e a deixava pendurada, com a fita na altura do pescoço. Agora, ela colocou a touca na cabeça, como a mãe mandara, mas não esqueceu o *papoose*.

Estavam em território indígena, e Laura não entendia por que não tinha visto nenhum índio. Ela sabia que em algum momento veria. Era o que Pa dizia, mas Laura estava ficando cansada de esperar.

Pa havia tirado a lona de cima da casa e estava prestes a começar a instalar o telhado definitivo. Ele passara dias trazendo troncos da planície do riacho e cortando-os em tábuas finas e compridas. Havia pilhas de tábuas em volta de toda a casa, além de algumas encostadas nas paredes.

— Fique fora de casa, Caroline — ele disse. — Não quero correr o risco de que algo caia em cima de você ou de Carrie.

— Espere, Charles — Ma respondeu. — Vou guardar a pastora de porcelana. Em um minuto, ela saiu, com uma colcha, sua cesta de costura e a bebê. Ma esticou a colcha em uma área de sombra na grama, perto do estábulo, e ficou sentada ali, remendando e vendo Carrie brincar.

Pa pegou uma tábua do chão, então a apoiou de atravessado nas extremidades da estrutura. A borda ultrapassava a parede. Então ele colocou alguns pregos na boca, tirou o martelo do cinto e começou a pregar as tábuas na estrutura.

O senhor Edwards tinha lhe emprestado os pregos. Os dois haviam se encontrado na floresta, onde tinham ido cortar árvores. O homem insistira que Pa pegasse pregos emprestados para o telhado.

— Isso é que é ter um bom vizinho! — Pa dissera, ao contar tudo para Ma.

— Sim — Ma concordara. — Mas não gosto de ficar em dívida, mesmo com o melhor dos vizinhos.

– Nem eu – Pa dissera. – Nunca fiquei em dívida com nenhum homem, e nunca ficarei. Mas a boa vizinhança é outra coisa, e devolverei todos os pregos assim que puder fazer a viagem até Independence.

Agora, Pa pegava os pregos da boca um por um, com cuidado, então os cravava nas tábuas com pancadas fortes do martelo. Era muito mais rápido que abrir buracos e encaixar pinos. Mas, de vez em quando, um prego saltava do carvalho duro quando ele martelava e, se Pa não estava segurando firme, ele se perdia.

Mary e Laura acompanhavam sua queda e o procuravam na grama, até encontrá-lo. Às vezes, estava torto. Então Pa o endireitava de novo, com cuidado. Não se devia perder ou desperdiçar um prego.

Depois de pregar duas tábuas, Pa subiu nelas. Ele posicionou e pregou mais tábuas, por toda a estrutura, até lá em cima. A beirada de cada uma se sobrepunha à de outra.

Então ele recomeçou o trabalho, do outro lado da casa, instalando o telhado até lá em cima. Ficou uma fresta entre as tábuas mais altas. Pa fez uma pequena calha com duas tábuas e as pregou ali, bem firme, de cabeça para baixo.

O telhado estava pronto. Por dentro, a casa ficou mais escura que antes, porque não entrava luz por entre as tábuas. Não havia uma única fresta que pudesse deixar a chuva entrar.

– Você fez um excelente trabalho, Charles – Ma disse. – Fico feliz em ter um bom teto sobre a cabeça.

– Você também terá móveis, tão bons quanto eu for capaz de fazer – Pa respondeu. – Logo depois do piso, vou cuidar da armação da cama.

Ele voltou a trazer troncos, dia após dia. Não parava de fazê-lo nem mesmo para caçar: colocava a arma na carroça e voltava à noite com aquilo que tivesse conseguido atirar do assento.

Quando tinha troncos o bastante para o piso, começou a dividi-los. Cada um era cortado bem no meio. Laura gostava de se sentar na pilha de lenha e ficar vendo.

Primeiro, com uma machadada vigorosa, Pa talhava a ponta do tronco. No talho, enfiava a ponta mais fina de uma cunha de ferro. Então arrancava o machado do tronco e aprofundava a cunha. A madeira resistente abria um pouco mais.

Pa foi brigando com o carvalho resistente de uma ponta a outra. Ele enfiava o machado no talho. Enfiava pedaços de madeira nele e movia a cunha. Pouco a pouco, a madeira foi rachando.

Ele levantava o machado bem no alto e pegava impulso para descê-lo, com um gemido.

– Ugh!

O machado zunia e golpeava, *bam*! Sempre acertava exatamente onde Pa queria.

Finalmente, com um rachar e um estalo, o tronco se abriu por inteiro. As duas metades foram ao chão, revelando o interior pálido da árvore e uma faixa mais escura bem no meio. Pa enxugou o suor da testa, voltou a pegar o machado e começou com outro tronco.

Um dia, o último tronco foi partido, e na manhã seguinte Pa começou a instalar o piso. Ele arrastou as metades para a casa e dispôs uma a uma, com o lado reto para cima. Com a pá, cavoucou a terra de modo que o lado arredondado encaixasse bem. Com o machado, aparava a casca das árvores para deixar a madeira reta, de modo que cada uma se encaixasse na outra, sem deixar frestas.

Depois Pa segurava a cabeça do machado nas mãos e, com movimentos leves e cuidadosos, alisava a madeira. Olhava bem para garantir que a superfície estivesse reta e perfeita. Acertava as últimas lascas, aqui e ali. Finalmente, passava a mão pela superfície e assentia.

– Nem uma farpa! – ele dizia. – Assim pezinhos descalços poderão correr tranquilamente sobre elas.

Então Pa deixava a madeira no lugar e trazia outra.

Quando chegou à lareira, Pa passou a usar troncos mais curtos. Ele deixou um espaço de terra para o forno, garantindo que o chão não queimasse quando faíscas ou brasas saltassem.

Um dia, o piso estava pronto. Era liso, firme e sólido, um bom piso de carvalho sólido, que, de acordo com Pa, duraria para sempre.

– Nada é melhor que um bom piso de tábuas – ele disse, e Ma comentou que estava feliz que o chão não fosse mais de terra. Ela colocou o bibelô de porcelana na cornija e estendeu uma toalha xadrez vermelha na mesa.

– Pronto – Ma disse. – Agora voltamos a viver como pessoas civilizadas.

Depois, Pa preencheu as frestas nas paredes, enfiando gravetos e cobrindo com lama. Não restou nem um buraquinho.

– Belo trabalho – Ma disse. – Isso vai manter o vento lá fora, não importa quão forte esteja.

Pa parou de assoviar para sorrir para ela. Ele cobriu com lama a última fresta entre duas toras, alisou e deixou o balde de lado. A casa estava terminada.

– Queria que tivéssemos vidro para as janelas – Pa disse.

– Não precisamos de vidro, Charles – disse Ma.

– Ainda assim, se a caça e as armadilhas funcionarem bem no inverno, na próxima primavera conseguirei vidro em Independence – disse Pa. – Independentemente do preço!

– Vidro nas janelas seria ótimo, se pudermos pagar – Ma disse. – Mas veremos isso quando chegar a hora.

Naquela noite, estavam todos felizes. O fogo era agradável, uma vez que na Alta Pradaria mesmo as noites de verão eram frescas. A toalha xadrez vermelha estava estendida na mesa, o bibelô de porcelana continuava na cornija, o piso novo parecia dourado com a lareira bruxuleando. Lá fora, o céu amplo estava coberto de estrelas. Pa ficou um bom tempo sentado à porta, tocando a rabeca e cantando para Ma, Mary e Laura, dentro de casa, e para a noite estrelada, do lado de fora.

Índios em casa

Uma manhã, Pa pegou a arma e foi caçar.

Ele pretendia fazer a armação da cama naquele dia. Já tinha trazido as tábuas quando Ma disse que não tinham carne para o jantar. Ele apoiou as tábuas contra a parede e pegou a arma.

Jack também queria caçar. Implorou com os olhos para que Pa o levasse. Choramingou do fundo do peito, e sua garganta chegou a tremer. Laura quase chorou com ele. Mas Pa o prendeu no estábulo.

– Não, Jack – ele disse. – Você precisa ficar de guarda. – Pa se virou para Mary e Laura e disse: – Não o soltem, está bem?

O pobre Jack se deitou. Era terrível ficar preso, e ele estava profundamente sentido. Jack virou a cara para Pa e nem olhou quando ele foi embora, com a arma no ombro. Pa se afastou cada vez mais, até que a padraria o engoliu e ele sumiu de vista.

Laura procurou reconfortar Jack, mas ele não queria ser reconfortado. Quanto mais pensava em suas correntes, pior se sentia. A menina tentou animá-lo brincando com ele, que só ficou mais carrancudo.

Tanto Mary quanto Laura achavam que não podiam deixar Jack sozinho, ele estando tão infeliz. Por isso, ficaram a manhã toda perto do estábulo. Alisaram os pelos lisos e malhados da cabeça de Jack, coçaram suas orelhas e disseram que sentiam muito que ele tivesse de ficar preso. O cachorro lambeu um pouco as mãos delas, mas continuava triste e zangado.

A cabeça de Jack estava sobre os joelhos de Laura enquanto ela conversava com ele. De repente, o cachorro se levantou e soltou um rosnado forte e profundo. Os pelos de seu pescoço se eriçaram, e seus olhos ficaram vermelhos.

Laura ficou com medo. Jack nunca havia rosnado para ela. Então olhou por cima do ombro, para onde Jack estava olhando, e viu dois selvagens nus vindo um atrás do outro pela trilha.

– Olhe, Mary! – ela gritou. Mary olhou e os viu também.

Eram homens altos e magros, de aparência feroz. Sua pele era marrom-avermelhada. No alto de sua cabeça havia um tufo de cabelo reto, coroado com penas. Seus olhos pretos e brilhantes pareciam imóveis, como os de uma cobra.

Eles se aproximavam cada vez mais. Então sumiram de vista, do outro lado da casa.

Laura e Mary viraram a cabeça para olhar para o ponto onde aqueles homens terríveis apareceriam quando passassem pela casa.

– Índios! – Mary sussurrou.

Laura tremia. Tinha uma sensação estranha em suas entranhas, e os ossos de suas pernas pareciam fracos. Ela queria se sentar. Mas se levantou, olhou e ficou esperando que os índios aparecessem do outro lado da casa, o que não aconteceu.

O tempo todo, Jack rosnava. Então parou, mas ficou puxando a corrente. Seus olhos estavam vermelhos, sua boca estava tensa, os pelos de suas costas estavam eriçados. Ele ficou pulando no lugar, tentando se soltar. Laura ficou feliz que a corrente o mantivesse ali com ela.

– Jack está aqui – ela sussurrou para Mary. – Ele não vai deixar que nos machuquem. Ficaremos a salvo perto dele.

– Eles estão na casa – Mary sussurrou. – Com Ma e Carrie.

O corpo todo de Laura começou a tremer. Ela sabia que precisava fazer alguma coisa. Não sabia o que os índios estavam fazendo com Ma e a bebê. Não se ouviu nenhum barulho vindo da casa.

– O que estão fazendo com Ma? – ela perguntou, sussurrando.

– Não sei! – Mary sussurrou de volta.

– Vou soltar Jack. – A voz de Laura saiu rouca. – Ele vai matar os índios.

– Pa disse para não fazermos isso – Mary respondeu. – Elas estavam assustadas demais para falar em voz alta. Mantinham as cabeças próximas enquanto olhavam a casa e sussurravam.

– Ele não sabia que índios viriam – Laura disse.

– Ele disse para não soltar Jack.

Mary estava quase chorando.

Laura pensou em Carrie e Ma, presas em casa com os índios. Então disse:

– Vou ajudar Ma!

Ela avançou dois passos correndo, depois de um passo andando, depois virou e voltou depressa para Jack. Agarrou-o e ficou abraçada a seu pescoço forte, enquanto ele ofegava. Jack não deixaria que se machucasse.

– Não podemos deixar Ma sozinha – Mary sussurrou. Ela não se mexia, mas tremia. Não conseguia se mexer quando estava assustada.

Laura escondeu o rosto no corpo de Jack e o abraçou com força.

Então ela se forçou a soltá-lo. Suas mãos se cerraram em punhos, e seus olhos se fecharam. Laura correu para casa o mais rápido possível.

Ela tropeçou e caiu. Seus olhos se abriram. Antes que pudesse pensar, já tinha se levantado e estava correndo de novo. Mary a seguia de perto. Elas chegaram à porta. Estava aberta, e as duas entraram sem fazer barulho.

Os selvagens estavam em frente à lareira. Ma estava debruçada sobre o fogo, cozinhando alguma coisa. Carrie se agarrava à saia de Ma com as duas mãozinhas, e o rosto estava escondido entre as dobras.

Laura correu para Ma. Assim que chegou ao fogo, sentiu um cheiro horrível e olhou para os índios. Rápida como um raio, ela se agachou atrás da tábua comprida e estreita apoiada à parede.

Era larga o bastante para tapar seus olhos. Se Laura mantivesse a cabeça imóvel e pressionasse o nariz contra a tábua, não conseguiria ver os índios. Assim, ela se sentiria mais segura. Mas não conseguia evitar mexer a cabeça um pouquinho, de modo que um olho ficava para fora, e assim podia ver os selvagens.

Primeiro, ela viu os mocassins de couro. Depois, as pernas nuas, magras, marrom-avermelhadas. Na região da cintura, os índios usavam uma tira de couro, na frente da qual a pele de um bicho pequeno ficava pendurada. A pele era listrada, branca e preta. Laura entendeu de onde vinha o cheiro: eram peles frescas de gambá.

Cada um dos índios tinha uma faca, como a que Pa usava para caçar, e uma machadinha, como a que Pa tinha, presa na pele de gambá.

As costelas dos índios eram visíveis na lateral do corpo. Seus braços estavam cruzados sobre o peito. Laura olhou para o rosto deles, então se escondeu depressa atrás da tábua.

Eram rostos corajosos, ferozes, terríveis. Seus olhos pretos brilhavam. Não tinham cabelo no alto da testa ou acima das orelhas. Só um tufo eriçado no topo da cabeça. Estava preso com um fio e decorado com penas.

Quando Laura voltou a espiar de trás da tábua, os dois índios olhavam diretamente para ela. Seu coração pulou para a garganta, martelando, fazendo-a engasgar. Dois olhos pretos brilhavam, fixos nos dela. O índio não moveu nem um único músculo do rosto. Mas seus olhos cintilavam para ela. Laura tampouco se moveu. Nem respirava.

O índio produziu dois sons curtos e ásperos com a garganta. O outro fez um barulho que pareceu um "Rá!". Laura voltou a esconder os olhos atrás da tábua.

Ela ouviu Ma abrir a tampa da panela de ferro. Ouviu os índios se agachar. Depois de um tempo, ouviu-os comer.

Laura espiou e se escondeu, então espiou de novo, enquanto os índios comiam o pão de milho de Ma. Devoraram tudo, inclusive as migalhas que haviam caído. Ma ficou ali, olhando, acariciando a cabeça de Carrie. Mary se manteve ao lado de Ma, segurando a manga dela.

Laura ouvia o som vago da corrente de Jack sacudir. Ele ainda estava tentando se soltar.

Quando não restava nem uma migalha do pão de milho, os índios se levantaram. O cheiro de gambá era mais forte quando se moviam. Um deles voltou a fazer sons ásperos com a garganta. Ma arregalou os olhos para ele, sem dizer nada. O índio se virou, e o outro o seguiu. Eles seguiram para a porta e saíram. Seus pés não faziam nenhum barulho.

Ma soltou o ar, expirando longamente. Ela abraçou Laura com um braço e Mary com o outro. Através da janela, elas viram os índios ir embora, um atrás do outro, pela trilha vaga que seguia para oeste. Então Ma se sentou na cama e abraçou Laura e Mary com ainda mais força. Ela tremia e parecia estar passando mal.

– Você está bem, Ma? – Mary perguntou.

– Estou – ela respondeu. – Ainda bem que eles foram embora.

Laura franziu o nariz e disse:

– Eles cheiram muito mal.

– Eram as peles de gambá que estavam usando – explicou Ma.

As meninas contaram que haviam deixado Jack e entrado na casa porque temiam que os índios pudessem machucar Ma e Carrie. Ma disse que as duas tinham sido muito corajosas.

– Agora vamos trabalhar – ela falou. – Pa logo vai chegar, e a comida tem que estar pronta. Mary, traga um pouco de lenha. Laura, você põe a mesa.

Ma arregaçou as mangas, lavou as mãos e fez a massa do pão de milho, enquanto Mary trazia a lenha e Laura punha a mesa. Laura colocou um prato, uma faca, um garfo e uma caneca para Pa, e o mesmo para Ma. A canequinha de Carrie ficava ao lado do lugar de Ma. Ela também colocou pratos, facas e garfos para si mesma e para Mary, e uma única caneca entre o lugar das duas.

Ma fez dois pães misturando farinha de milho e água, em forma de semicírculo. Ela colocou os pães dentro a panela, com a metade reta de um grudada na outra, e pressionou o topo. Pa sempre dizia que o melhor açúcar era a marca das mãos de Ma no pão.

Laura mal tinha acabado de pôr a mesa quando Pa chegou. Ele deixou um coelho grande e dois tetrazes-da-pradaria do lado de fora da porta, entrou e pendurou a arma na parede. Laura e Mary correram para abraçá-lo. Ambas falavam ao mesmo tempo.

– O que foi? O que foi? – Pa perguntou, passando a mão no cabelo delas. – Índios? Então você finalmente viu índios, Laura? Notei que eles têm um acampamento em um valezinho a oeste daqui. Índios entraram na casa, Caroline?

– Sim, Charles, dois deles – Ma disse. – Sinto muito, mas eles levaram todo o tabaco e comeram bastante pão de milho. Apontaram para a farinha e fizeram sinais para que eu cozinhasse. Fiquei com medo de não obedecer. Ah, Charles! Tive tanto medo!

– Você fez a coisa certa – Pa disse a ela. – Não queremos inimizade com os índios. Ufa! Que cheiro!

– Eles estavam usavam pele fresca de gambá – Ma disse. – E nada mais.

– Deve ter sido difícil com eles aqui – Pa disse.

– Foi, sim, Charles. Não tínhamos muita farinha de milho.

– Bem, temos o bastante para nos manter por um tempo. E tem carne disponível por toda parte. Não se preocupe, Caroline.

– Mas eles levaram todo o seu tabaco.

– Não importa – Pa disse. – Posso ficar sem tabaco até fazer a viagem para Independence. O principal é nos darmos bem com os índios. Não queremos acordar à noite com os gritos de um bando d...

Ele se interrompeu. Laura estava louca para saber o que ia dizer. Mas os lábios de Ma estavam tensos, e ela balançou a cabeça para Pa.

– Vamos, meninas! – Pa disse. – Enquanto o pão assa, podemos tirar a pele do coelho e depenar os tetrazes. Rápido! Estou morrendo de fome!

Elas se sentaram na pilha de lenha, ao vento e ao sol, e ficaram observando Pa trabalhar com a faca. O coelho tinha levado um tiro no olho, e os tetrazes estavam sem cabeça. Pa disse que nem tinham visto o que lhes esperava.

Laura segurou a ponta da pele do coelho enquanto a faca de Pa a separava da carne.

– Vou salgar a pele e pendurar na parede de casa para secar – ele disse. – Assim teremos uma capa quentinha para certa menina usar no próximo inverno.

Mas Laura não conseguia esquecer os índios. Ela disse a Pa que, se tivessem soltado Jack, ele teria comido os dois.

Pa baixou a faca.

– Vocês pensaram em soltar Jack? – ele perguntou, em uma voz assustadora.

Laura baixou a cabeça e sussurrou:

– Sim, Pa.

– Depois de eu ter dito para não fazer isso? – Pa perguntou, com a voz ainda mais assustadora.

Laura não conseguiu responder, mas Mary disse:
– Sim, Pa.
Por um momento, ele ficou em silêncio. Soltou o ar devagar, como Ma havia feito após a partida dos índios.
– Quero que se lembrem de sempre fazer como ordenado – ele disse, com uma voz terrível. – Nem pensem em me desobedecer. Ouviram bem?
– Sim, Pa – Laura e Mary sussurraram.
– Sabe o que teria acontecido se tivessem soltado Jack? – Pa perguntou.
– Não, Pa – elas sussurraram.
– Ele teria mordido os índios – Pa disse. – E aí teríamos problemas. Problemas sérios. Compreenderam?
– Sim, Pa – elas disseram, embora não tivessem compreendido.
– Eles teriam matado Jack? – Laura perguntou.
– Sim. E não só isso. Lembrem: façam como ordenado, não importa o que aconteça.
– Sim, Pa – Laura disse, e Mary também. Elas ficaram felizes por não ter soltado Jack.
– Façam como ordenado e nada de ruim acontecerá a vocês – disse Pa.

Água fresca para beber

Pa fez a armação da cama.

Alisou as tábuas de carvalho até não restar nem uma farpa nelas. Depois as prendeu juntas. Quatro tábuas serviriam de moldura para o colchão. Na parte de baixo, Pa fez um zigue-zague de lado a lado com uma corda, puxando-a bem.

Uma ponta da armação da cama foi presa à parede, em um canto da casa, de modo que só um canto ficava livre. Nesse canto, Pa prendeu uma tábua alta à armação da cama. O mais alto possível, prendeu duas peças de carvalho na parede e na tábua alta. Então prendeu a parte de cima da tábua alta na estrutura no teto. Nas peças de carvalho, instalou uma prateleira, acima da cama.

– Pronto, Caroline! – ele disse.

– Mal posso esperar para ver a cama arrumada – Ma falou. – Ajude-me a trazer o colchão.

Ela havia feito o colchão naquela manhã. Não havia palha na Alta Pradaria, de modo que ela encheu o colchão com grama seca e morta.

Ainda estava quente, por causa do sol, e o cheiro era doce. Pa ajudou a trazer o colchão para a casa e posicionar sobre a armação. Ma colocou os lençóis e cobriu com a colcha mais bonita que tinha. Na cabeceira da cama, deixou os travesseiros de pena de ganso, nos quais apoiou as almofadas. Em cada almofada havia a silhueta de dois passarinhos, bordada em linha vermelha.

Pa, Ma, Laura e Mary ficaram olhando para a cama. Era uma ótima cama. Era mais gostoso dormir na corda em zigue-zague que no chão. O colchão era grosso e cheirava bem, a colcha estava bem esticadinha, e as almofadas eram muito bonitas. A prateleira seria muito útil para guardar coisas. A casa toda ganhava outros ares, com aquela cama.

Naquela noite, quando foi dormir, Ma se deitou no colchão e disse a Pa:

– Devo dizer que estou tão confortável que é quase um pecado.

Mary e Laura ainda dormiam no chão, mas Pa faria uma caminha para elas assim que possível. Ele fez a cama grande, um armário robusto com tranca, para que os índios não pudessem levar toda a farinha de milho caso aparecessem de novo. Agora, Pa só precisava cavar um poço, depois poderia ir à cidade. O poço era necessário para que Ma tivesse água durante o tempo que ele passasse fora.

Na manhã seguinte, Pa marcou um círculo grande na grama, perto de um canto da casa. Começou a tirar o gramado de dentro, e alguns torrões de terra, depois cavou de fato, abrindo um buraco cada vez mais fundo.

Mary e Laura não podiam chegar perto do poço enquanto Pa cavava. A terra continuava voando lá de dentro, mesmo que elas não conseguissem mais ver a cabeça dele. Finalmente, a pá foi jogada e caiu na grama. Então Pa pulou. Agarrou-se à grama, depois subiu um cotovelo e outro, e com um suspiro se içou do buraco.

– Não consigo ir mais fundo que isso.

Ele precisava de ajuda. Por isso, pegou a arma e saiu com Patty. Quando voltou, trazia um coelho gordo. Tinha feito um acordo com o senhor Scott. O vizinho o ajudaria a cavar seu poço, e depois Pa ajudaria a cavar o poço do senhor Scott.

Ma, Laura e Mary nunca tinham visto o senhor e a senhora Scott. A casa deles ficava escondida em algum lugar de um valezinho na pradaria. Laura só tinha visto a fumaça subir no céu, e nada mais.

O senhor Scott chegou na alvorada do dia seguinte. Era baixo e parrudo. Seu cabelo era queimado de sol, e sua pele estava bem vermelha. Ele não se bronzeava: descascava.

– É esse maldito sol, e o vento – o senhor Scott disse. – Perdão, senhora, mas é o bastante para fazer um santo praguejar. Eu poderia ser uma cobra, considerando como troco de pele por aqui.

Laura gostou dele. Toda manhã, assim que a louça estava lavada e as camas tinham sido arrumadas, ela corria para ver o senhor Scott e Pa trabalhar no poço. Com o sol forte, até o vento era quente, e a grama da pradaria ficava amarelada. Mary preferia ficar em casa, trabalhando em sua colcha de retalhos. Laura gostava da luz forte, do sol e do vento e precisava ver o poço. Mas não tinha permissão para chegar perto das beiradas.

Pa e o senhor Scott fizeram uma grua bem firme. Ele ficava sobre o poço, com dois baldes amarrados na ponta de uma corda. Quando a grua era acionada, um balde descia pelo poço, e o outro subia. Pela manhã, o senhor Scott escorregava pela corda e cavava. Enchia os baldes de terra quase tão rápido quanto Pa conseguia puxá-los e esvaziá-los. Depois do almoço, era Pa quem descia com a corda para o poço, enquanto o senhor Scott ficava esvaziando os baldes.

Toda manhã, antes de deixar o senhor Scott descer pela corda, Pa colocava uma vela em um balde, acendia e a baixava. Uma vez, Laura olhou da beirada e viu a vela queimar forte em meio à escuridão lá embaixo.

Então Pa dizia:

– Parece que está tudo bem.

Ele puxava o balde de volta e soprava a vela.

– Isso é bobagem, Ingalls – o senhor Scott dizia. – Estava tudo bem com o poço ontem.

– Nunca se sabe – Pa respondia. – É melhor prevenir que remediar.

Laura não sabia que perigos Pa procurava à luz da vela. Ela nunca perguntava, porque Pa e o senhor Scott estavam sempre muito ocupados. Tinha intenção de perguntar depois, mas acabava esquecendo.

Uma manhã, o senhor Scott chegou enquanto Pa ainda tomava o café da manhã. Eles o ouviram gritar:

– Bom dia, Ingalls! O sol já levantou. Vamos!

Pa terminou o café preto e saiu.

A grua começou a trabalhar, e Pa começou a assoviar. Laura e Mary estavam lavando a louça, e Ma arrumava a cama quando o assovio cessou. Elas ouviram Pa gritar:

– Scott! Scott! Scott! – E depois: – Caroline! Venha rápido!

Ma saiu correndo da casa. Laura foi atrás dela.

– Scott desmaiou lá embaixo, ou algo assim – Pa disse. – Tenho que descer lá.

– Você mandou a vela antes? – Ma perguntou.

– Não. Achei que ele tivesse feito isso. Perguntei se estava tudo bem, e Scott disse que sim.

Pa cortou a ponta do balde vazio e a amarrou diretamente na grua.

– Charles, não. Você não pode fazer isso – Ma disse.

– Tenho que ir, Caroline.

– Não. Ah, Charles, não!

– Vai ficar tudo bem. Não vou respirar até sair. Não podemos deixar que ele morra ali.

– Laura, fique longe! – Ma ordenou.

A menina obedeceu. Manteve-se perto da casa, tremendo.

– Não, Charles, não! Não posso deixar você ir – Ma insistiu. – Vá procurar ajuda com Patty.

– Não há tempo.

– Charles, se eu não conseguir puxar você... se você cair e eu não conseguir puxar você...

– Caroline, eu tenho que ir – Pa disse. Ele começou a descer pela corda. Sua cabeça sumiu de vista.

Ma se agachou e protegeu os olhos para tentar enxergar no túnel.

Cotovias-do-prado levantavam voo por toda a parte, cantando, seguindo para o alto. Soprava um vento quente, mas Laura sentia frio.

De repente, Ma deu um pulo e agarrou a manivela da grua. Ela puxou com todas as suas forças. A corda esticou, e a grua rangeu. Laura achou que o pai tivesse caído também, na escuridão do fundo do poço, e que Ma não conseguiria trazê-lo para cima. Mas a manivela girou um pouco, e depois mais um pouco.

A mão de Pa surgiu, agarrando a corda. A outra mão surgiu também, segurando acima da primeira. Então apareceu a cabeça dele. De alguma maneira, ele conseguiu apoiar o braço e se içar para cima, ficando sentado no chão.

A grua girou depressa no sentido contrário, até se ouvir um baque no fundo do poço. Pa tentou se levantar, mas Ma disse:

– Fique aí, Charles! Laura, pegue água. Rápido!

Laura se apressou. Voltou correndo, carregando o balde de água. Juntos, Pa e Ma giravam a manivela da grua. A corda subia devagar, até que o balde saiu do poço, junto com o senhor Scott, amarrado. Seus braços, suas pernas e sua cabeça pendiam, sua boca estava entreaberta, e seus olhos estavam semicerrados.

Pa o puxou para a grama. Rolou seu corpo, que ficou parado ali. Pa sentiu seu pulso e escutou seu peito, depois se deitou ao lado dele.

– Ele está respirando – Pa disse. – Vai ficar bem, com um pouco de ar. Estou bem, Caroline. Só esgotado.

– Claro! – Ma o repreendeu. – Como não estaria? Que coisa mais sem sentido! Meu Deus do Céu! Deixar outra pessoa morta de medo, tudo por falta de cuidado! Minha nossa! Eu... – Ela cobriu o rosto com o avental e irrompeu em lágrimas.

Foi um dia horrível.

– Não quero um poço – Ma disse, soluçando. – Não vale a pena. Não quero que corra esse tipo de risco!

O senhor Scott tinha respirado um tipo de gás que ficava nas profundezas do solo. Como era mais denso que o ar, não saía do fundo do poço. Era invisível e inodoro, mas quem o respirasse por muito tempo não sobrevivia. Pa havia descido para amarrar o senhor Scott à corda, de modo que pudesse ser puxado para longe do gás.

Quando o senhor Scott melhorou, voltou para casa. Antes de partir, ele disse a Pa:

– Você estava certo quanto à vela, Ingalls. Achei que era besteira e que não havia necessidade, mas estava errado.

– Bem – disse Pa –, onde a luz não sobrevive, sei que eu também não. E gosto de ser cuidadoso quando possível. Mas bem está o que bem acaba.

Pa descansou um pouco. Tinha respirado um pouco de gás, o que o deixara baqueado. À tarde, no entanto, desfiou um pedaço de um saco de estopa e pegou um pouco de pólvora do polvorinho. Ele fez uma trouxinha de tecido, com a pólvora e uma ponta do fio dentro.

– Venha, Laura – Pa disse. – Vou mostrar uma coisa a você.

Os dois foram até o poço. Pa acendeu a ponta do fio e esperou até que o fogo começasse a correr por ele, então jogou a trouxinha dentro do poço.

Em um minuto, os dois ouviram um *bum!* abafado, e uma nuvem de fumaça saiu do poço.

– Isso vai dar um jeito no gás – Pa disse.

Quando a fumaça tinha se dissipado, Pa deixou que Laura acendesse a vela e ficasse ao seu lado enquanto ele a descia. Durante todo o trajeto pelo buraco escuro, a vela continuou queimando, como uma estrela.

No dia seguinte, Pa e o senhor Scott continuaram a cavar o poço. Mas sempre mandavam a vela antes, toda manhã.

Um pouco de água começou a aparecer, mas não era o bastante. Os baldes saíam cheios de lama, e Pa e o senhor Scott trabalhavam o dia todo atolados na lama. Pela manhã, quando a vela descia, iluminava as paredes úmidas, e a luz cintilava em círculos na superfície da água quando o balde aterrissava.

Pa ficava com água até os joelhos e mandava diversos baldes para cima antes de começar a cavar.

Um dia, enquanto ele cavava, um grito ecoou lá de baixo. Ma saiu correndo de casa, e Laura se apressou para o poço.

– Puxe, Scott! Puxe! – Pa gritava.

Um som sibilante e gorgolejante chegava do fundo do poço. O senhor Scott girou a manivela o mais rápido que podia, e Pa veio subindo aos poucos pela corda, uma mão por vez.

– Macacos me mordam se não for areia movediça! – Pa disse, ofegante, ao pisar na grama, todo enlameado e pingando. – Eu estava com todo o peso na pá, e de repente fui puxado, entrou todo o cabo. Então a água começou a vir de toda parte.

– Tem quase dois metros de corda molhada – o senhor Scott disse, medindo. O balde estava cheio de água. – Fez bem em vir subindo sozinho, Ingalls. A água subiu mais rápido do que consegui içar você.

– De repente, o senhor Scott bateu na própria coxa e gritou: – Não acredito que conseguiu trazer a pá!

De fato, ele tinha salvado a ferramenta.

Logo o poço estava cheio de água. Não muito abaixo do chão, havia um círculo de céu azul. Quando Laura olhou para ele, uma cabeça de menina olhou de volta. Quando ela acenou, a mão na superfície da água acenou também.

A água era limpa, fresca e boa. Laura achava que nunca tinha provado nada tão gostoso quanto os longos goles que deu ali. Pa não trouxe mais água parada e quente do riacho. Construiu uma proteção sólida em volta do poço e uma cobertura pesada para o buraco para o qual o balde subia. Laura nunca deveria tocar nela. Mas, sempre que ela ou Mary tinham sede, Ma levantava a cobertura e puxava um balde extravasando água fresquinha do poço.

Bois com chifres

Uma noite, Laura e Pa estava sentados à entrada. A lua brilhava sobre a pradaria escura, o ar estava parado, e Pa tocava a rabeca suavemente.

Ele deixou que uma última nota tremulasse a distância, até se dissolver ao luar. Tudo era tão bonito que Laura queria que permanecesse daquele jeito para sempre. Mas Pa disse que era hora de crianças irem para a cama.

Então Laura ouviu um som estranho, baixo e distante.

– O que é isso? – ela perguntou.

Pa ficou ouvindo.

– Meu Deus, é gado! – ele falou. – Deve ser o rebanho que segue para o norte, rumo ao forte Dodge.

Laura se despiu, pôs a camisola e ficou à janela. O ar continuava parado, de modo que as gramíneas não balançavam. Ela ainda conseguia ouvir aquele som vago, muito, muito longe. Era quase um ronco, quase uma música.

– É um canto, Pa? – ela perguntou.

– Sim – ele confirmou. – Os vaqueiros estão cantando para que o gado durma. Agora vá para a cama, sua vigaristazinha!

Laura pensou no gado deitado no chão escuro, ao luar, e nos vaqueiros entoando canções de ninar suaves.

Na manhã seguinte, quando saiu de casa, havia dois desconhecidos montados a cavalo, perto do estábulo. Estavam falando com Pa. Tinham a pele marrom-avermelhada, como a dos índios, mas seus olhos eram fendas estreitas entre as pálpebras apertadas. Usavam perneira de couro, esporas, chapéu de aba larga e lenço amarrado no pescoço e tinham uma pistola na cintura.

– Até breve – os homens disseram para Pa. E depois, para os cavalos: – Arre!

Então foram embora, galopando.

– Mas que sorte! – Pa disse a Ma. Os dois homens eram vaqueiros. Queriam que Pa ajudasse a transportar o gado pelas ribanceiras e escarpas que envolviam a planície do riacho. Pa não pediu dinheiro, mas disse a eles que aceitaria um pouco de carne. – Vocês não gostariam de um belo pedaço de carne? – ele perguntou à família.

– Ah, Charles! – disse Ma, com os olhos brilhando.

Pa amarrou o maior lenço que tinha no pescoço. Ele mostrou a Laura como podia colocá-lo sobre a boca e o nariz para se proteger da poeira. Depois, seguiu com Patty rumo a oeste, pela trilha, até que Laura e Mary o perderam de vista.

O sol se manteve forte o dia todo, com o vento soprando quente. O barulho do rebanho foi ficando mais próximo. Era um som fraco e triste, de mugidos. Ao meio-dia, poeira soprava no horizonte. Ma disse que havia tanto gado pisoteando a grama que ela ficava amassada e poeira levantava da pradaria.

Pa voltou para casa ao pôr do sol, coberto de poeira. Havia poeira em sua barba, em seu cabelo, em suas pálpebras e em suas roupas. Ele ainda não trazia carne, porque o rebanho ainda não havia atravessado o riacho. Os animais seguiam bem devagar, pastando no caminho. Precisavam comer bastante grama, para estar gordos quando chegassem às cidades em que eram comidos.

Pa não falou muito naquela noite, tampouco tocou a rabeca. Foi dormir logo depois do jantar.

O rebanho estava tão perto agora que Laura podia ouvi-lo perfeitamente. Mugidos tristes soaram sobre a pradaria até a noite escurecer. Então o gado ficou em silêncio, e os vaqueiros começaram a cantar. Não canções de ninar. Cantavam lamentos altos e solitários, quase como se fossem lobos uivando.

Laura ficou acordada, ouvindo as músicas tristes que se espalhavam na noite. Ainda mais longe, lobos de verdade uivavam. Às vezes, o gado mugia. Mas os vaqueiros prosseguiam em sua música, que subia, descia e se dissipava sob a lua. Quando todos os outros já estavam dormindo, Laura foi até a janela, em silêncio, e viu três fogueiras brilhando como olhos vermelhos nos limites escuros do terreno. Acima, o céu era amplo e imóvel, tomado pelo luar. As músicas solitárias pareciam prantear para a lua. Faziam um nó se formar na garganta de Laura.

Ela e Mary passaram o dia seguinte olhando para oeste. Conseguiam ouvir os gemidos do gado a distância, podiam ver a poeira soprar. Às vezes, ouviam um berro estridente.

De repente, uma dúzia de animais com chifres compridos irrompeu na pradaria, não muito longe do estábulo. Tinham surgido de uma baixada que levava para a planície do riacho. Mantinham o rabo erguido e os chifres ameaçadores apontados e batiam os cascos no chão. Um vaqueiro em um mustangue pintado galopava depressa para se colocar à frente deles. Ele agitou o chapéu no ar e soltou gritos agudos.

– Arre! Ei-ei-ei! Arre!

O gado virou, os chifres compridos batendo uns nos outros. Com a cauda levantada, os animais galoparam para longe. Atrás deles, o cavalo corria, girava e voltava a correr, mantendo todos juntos. O rebanho passou por uma elevação no solo e sumiu de vista ao descer.

Laura ficou correndo para a frente e para trás, agitando a touca no ar e gritando:

– Arre! Ei-ei-ei!

Ma mandou que ela parasse. Uma moça não deveria gritar daquele jeito. Laura desejou ser uma vaqueira.

Naquela tarde, três cavaleiros chegaram do oeste, acompanhando uma vaca solitária. Um deles era Pa, montado em Patty. Eles se aproximaram devagar, e Laura viu que um bezerro pintado acompanhava a vaca.

A mãe vinha estocando e pulando. Dois vaqueiros cavalgavam à frente dela, mas distantes. Duas cordas estavam amarradas a seus chifres e à sela dos vaqueiros. Quando a vaca avançava com os chifres contra um deles, o cavalo do outro fincava pé para impedi-la. A vaca berrava, acompanhada pelos ruídos mais baixos do bezerro.

Ma ficou olhando da janela, enquanto Mary e Laura acompanhavam tudo da entrada da casa.

Os homens seguraram a vaca com as cordas, enquanto Pa a prendia no estábulo. Depois se despediram e foram embora.

Ma não conseguia acreditar que Pa havia trazido uma vaca para casa. Mas eles tinham mesmo uma agora. O bezerro era pequeno demais para viajar, Pa disse, e a vaca estava magra demais para ser vendida, portanto os vaqueiros haviam dado ambos a Pa. Também lhe tinham dado um pedaço grande de carne, que estava amarrado à sela de Patty.

Pa, Ma, Mary, Laura e até mesmo Carrie riram de alegria. Pa sempre ria alto, e sua risada lembrava sinos badalando. Quando Ma estava satisfeita, abria um sorriso simpático que esquentava Laura por dentro. Mas agora ela ria mesmo, porque tinham uma vaca.

– Passe o balde, Caroline – disse Pa, que já ia ordenhar a vaca.

Ele pegou o balde, ajeitou o chapéu mais para trás e se agachou ao lado da vaca. Ela se encolheu e deu um coice, tentando acertar Pa.

Ele se afastou em um pulo. Seu rosto estava bem vermelho, seus olhos azuis faiscavam.

– Ah, mas eu vou ordenhar essa vaca, sim! – ele disse.

Ele pegou o machado e afiou duas tábuas robustas de carvalho. Então empurrou a vaca para o canto do estábulo e enterrou as tábuas no solo, ao lado dela. A vaca berrou, assim como o bezerro. Pa amarrou estacas às traves e enfiou as pontas nas fendas do estábulo, fazendo uma cerca.

Agora, a vaca não conseguia se mover para a frente, para trás ou para os lados. Mas o bezerro ainda era capaz de se enfiar entre a mãe e o estábulo. Ele se sentiu seguro e parou de berrar. Ficou daquele lado da vaca e jantou. Pa enfiou a mão por entre a cerca e ordenhou a vaca pelo outro lado. Quase encheu uma caneca de leite.

– Pela manhã tentamos de novo – ele disse. – A pobrezinha está arredia como um veado. Mas vamos conquistá-la, vamos conquistá-la.

A escuridão já caía. Bacurausperseguiam insetos nas sombras. Rãs coaxavam na beira do rio. Um pássaro piava: *Uip! Uip! Uip!* Uma coruja fazia: *Uu-uu! Uu-uu!* A distância, os lobos uivavam. Jack rosnava.

– Os lobos estão seguindo o rebanho – Pa disse. – Amanhã, vou construir um cercado forte e alto para a vaca, em que os lobos não possam entrar.

Entraram todos na casa, levando a carne consigo. Pa, Ma, Mary e Laura concordaram em dar o leite a Carrie e ficaram observando-a beber. A caneca escondia o rosto dela, mas Laura via o movimento na garganta quando os goles desciam. Pouco a pouco, a bebê engoliu o bom leite da vaca. Depois lambeu a espuma dos lábios, com a linguinha vermelha, e riu.

Pareceu passar um longo tempo até que o pão de milho e os bifes ficassem prontos. Nunca tinham comido nada tão gostoso quanto aquela carne rígida e suculenta. Estavam todos felizes, porque agora teriam leite para beber, e talvez até manteiga para passar no pão.

O mugido do rebanho já estava distante de novo, e quase não dava para ouvir a música dos vaqueiros. O gado já devia estar do outro lado do riacho, no Kansas. No dia seguinte, seguiriam lentamente pelo longo caminho rumo ao norte, até o forte Dodge, onde os soldados se encontravam.

Acampamento indígena

Cada dia era mais quente que o anterior. Até o vento era quente.
– Como se tivesse saído do forno – disse Ma.
A grama ficava amarelada. O mundo todo ondulava em verde e dourado sob o sol escaldante.
Ao meio-dia, o vento parou. Nenhum pássaro cantava. Tudo ficou tão imóvel que Laura ouvia os esquilos chilrando nas árvores próximas ao riacho. De repente, corvos pretos voaram acima, crocitando à sua maneira áspera e cortante. Então tudo voltou a ficar parado.
Ma disse que era solstício de verão.
Pa ficou se perguntando para onde os índios haviam ido. Ele disse que haviam deixado o pequeno acampamento na pradaria. Um dia, perguntou se Laura e Mary queriam ir ver como era.
Laura ficou pulando no lugar, batendo palmas. Só que Ma foi contra.
– É muito longe, Charles – ela disse. – E nesse calor…

Os olhos azuis de Pa brilharam.

– O calor não incomoda os índios e não vai nos incomodar – ele disse. – Vamos, meninas!

– Jack pode ir também? Por favor! – Laura implorou. Pa já tinha pegado a arma. Ele olhou para Laura, olhou para Jack e depois para Ma, então devolveu a espingarda à parede.

– Está bem, Laura – ele disse. – Eu levo Jack, Caroline, e você fica com a arma.

Jack pulou em volta deles, balançando o rabinho. Assim que viu em que sentido seguiria, pôs-se a trotar na frente. Pa vinha em seguida, e atrás dele Mary, depois Laura. Mary usava a touca, mas Laura deixava a dela caída nas costas.

O chão estava quente sob seus pés descalços. O sol atravessava os vestidos velhos e chegava a seus braços e suas costas. O ar estava mesmo tão quente quanto um forno e cheirava vagamente a pão assando. Pa disse que era o cheiro de sementes ressecando com o calor.

Eles avançaram mais e mais na vasta pradaria. Laura se sentia cada vez menor. Nem mesmo Pa parecia tão grande quanto de fato era. Finalmente, eles entraram na depressão onde os índios acampavam.

Jack atacou um coelho grande, que assustou Laura ao pular da grama.

– Deixe o coelho, Jack! – Pa disse na hora. – Já temos bastante carne.

O cachorro se sentou e ficou olhando para o coelho, que fugia aos saltos.

Laura e Mary olharam em volta. Mantinham-se perto de Pa. Arbustos baixos cresciam nas laterais da depressão, com cachos de bagas levemente rosadas, sumagres com cones verdes, aqui e ali uma folha bem vermelha. As plumas do solidago ficavam cinza, e as pétalas amarelas dos bem-me-queres se soltavam do miolo.

A pequena depressão escondia tudo isso. De casa, Laura não via nada além de gramíneas, enquanto da depressão não conseguia ver a casa. A pradaria parecia ser plana, mas na verdade não era.

Laura perguntou a Pa se havia muitas depressões como aquela por ali. Ele disse que sim.

– E tem índios nela? – a menina quase sussurrou.

Pa disse que não sabia. Talvez sim.

Ela segurou firme a mão dele, enquanto Mary segurava a outra. Todos olhavam para o acampamento indígena. Havia cinzas onde fogueiras tinham sido acesas. Havia buracos no chão, onde mastros de tendas haviam sido enfiados. Havia ossos espalhados, onde cachorros os haviam roído. Ao longo de toda a borda da depressão, a grama era baixa, porque os pôneis dos índios se alimentavam dela.

Havia pegadas de mocassins grandes e pequenos em toda parte, além de marcas de pezinhos descalços. Por cima dessas pegadas, havia rastros de coelhos, pássaros e lobos.

Pa diferenciou os rastros para Mary e Laura. Mostrou às meninas pegadas de dois mocassins de tamanho médio, perto das cinzas de uma fogueira. Uma índia havia se agachado ali. Ela usava saia de couro com franjas, que haviam deixado pequenas marcas na terra. A marca que seus dedos deixaram eram mais profundas que a dos calcanhares, porque ela se inclinara para mexer o que quer que estivesse cozinhando no fogo.

Pa pegou um graveto bifurcado, enegrecido pela fumaça. Ele disse que a panela tinha ficado suspensa em um graveto apoiado em dois gravetos bifurcados como aquele. Depois mostrou a Mary e Laura os buracos onde os gravetos bifurcados haviam sido fincados no chão. Então disse para darem uma olhada nos ossos em volta da fogueira e descobrirem o que a mulher havia cozinhado.

Elas olharam e disseram:

– Coelho.

Estavam certas. Os ossos eram de coelho.

De repente, Laura gritou:

– Olhe! Olhe!

Algo azul cintilava na poeira. Laura pegou e viu que era uma linda conta. Ela gritou de alegria.

Depois Mary viu uma conta vermelha, e Laura viu uma verde, e elas se esqueceram de todo o resto. Pa ajudou as duas a procurar. Encontraram contas brancas e marrons, além de mais vermelhas e azuis. A tarde toda, eles caçaram contas em meio à terra do acampamento indígena. De vez em quando, Pa ia até os limites da depressão e olhava na direção de casa, depois voltava e ajudava a caçar mais contas. Eles revistaram todo o chão, cuidadosamente.

O sol já estava quase se pondo quando não conseguiram encontrar mais nada. Laura tinha um punhado de contas, assim como Mary. Pa as guardou com cuidado no lenço, as de Laura de um lado, as de Mary do outro. Então pôs o lenço no bolso e iniciaram o caminho de volta.

O sol estava baixo nas costas deles quando saíram da depressão. A casa parecia bem pequena a distância. Pa estava sem arma.

Ele andava tão depressa que Laura mal conseguia acompanhá-lo. Ela trotava o mais rápido que conseguia, mas o sol era mais rápido. A casa parecia cada vez mais distante. A pradaria parecia ainda maior, açoitada pelo vento, que sussurrava de maneira assustadora. As gramíneas balançavam como se tivessem medo.

Pa se virou para Laura, com os olhos azuis brilhando.

– Está cansada, canequinha? É um longo caminho para perninhas como as suas.

Pa a pegou no colo, ainda que fosse uma menina grande, e a colocou sobre os ombros, com cuidado. Ele pegou a mão de Mary, e foi assim que chegaram em casa.

O jantar já estava no fogo. Ma punha a mesa e Carrie brincava no chão, com pedacinhos de madeira. Pa entregou o lenço a Ma.

– Cheguei mais tarde do que pretendia, Caroline – ele disse. – Mas veja o que as meninas encontraram.

Ele pegou o balde e foi depressa levar Pet e Patty para o estábulo e ordenhar a vaca.

Ma abriu o lenço e exclamou diante do achado. As contas pareciam ainda mais bonitas do que no acampamento indígena.

Com um dedo, Laura mexeu nas suas e ficou vendo-as brilhar.

– Estas são as minhas – ela disse.

Então Mary disse:

– Carrie pode ficar com as minhas.

Ma ficou esperando pelo que Laura diria. Laura não queria dizer nada. Queria ficar com aquelas contas, tão bonitas. Ela sentiu um calor por dentro do peito e desejou com todas as forças que Mary não fosse uma menina tão boa o tempo todo. Mas não podia deixar que a irmã fosse melhor do que ela.

Então disse, devagar:

– Carrie pode ficar com as minhas também.

– Que meninas mais boazinhas e generosas – disse Ma.

Ela colocou as contas de Mary nas mãos de Mary e as contas de Laura nas mãos de Laura e disse que ia lhes dar um fio por onde passá-las. Dariam um belo colar para Carrie.

Mary e Laura se sentaram lado a lado na cama, passando as belas contas pelo fio que Ma havia lhes dado. Ambas lamberam sua ponta do fio e torceram um pouco. Então Mary passou sua ponta pelo buraquinho de cada uma das contas, e Laura fez o mesmo com a ponta dela.

As meninas não disseram nada. Talvez Mary se sentisse bem com o que havia feito, mas Laura não se sentia. Quando olhava para a irmã, queria lhe dar um tapa. Por isso nem ousava olhar para ela.

As contas deram um belo colar. Carrie bateu palmas e riu ao vê-lo. Então Ma o colocou no pescocinho da bebê. Ele cintilava. Laura se sentiu um pouco melhor. Afinal, não tinha contas suficientes para fazer um colar inteiro, tampouco Mary tinha. Juntas, elas fizeram um colar inteiro para Carrie.

A bebê pegou as contas assim que as sentiu em seu pescoço. Ela era tão pequena que podia acabar rompendo o fio. Por isso, Ma o tirou dela e guardou o colar para quando Carrie fosse mais velha. De vez em quando, Laura pensava nas belas contas, ainda as querendo para si.

Mas tinha sido um dia maravilhoso. Ela sempre lembraria a longa caminhada pela pradaria e tudo o que haviam visto no acampamento indígena.

Sezão

Agora as amoras estavam maduras, e nas tardes quentes Laura ia colhê-las com Ma. As frutinhas grandes, pretas e suculentas ficavam no alto dos arbustos espinhosos, na planície do riacho. Algumas ficavam à sombra das árvores, e outras ficavam ao sol, mas o sol andava tão quente que Laura e Ma sempre ficavam na sombra. Havia amoras o bastante ali.

Os veados estirados sob a sombra do pomar ficavam olhando para Ma e Laura. Gaios-azuis passavam voando perto da touca delas, repreendendo-as por estarem levando as amoras. Cobras se afastavam, rastejando apressadas. Nas árvores, os esquilos acordavam e começavam a chilrear. Sempre que elas entravam nos arbustos espinhosos, nuvens de mosquitos saíam zunindo.

Os mosquitos gordos chupavam o sumo doce das frutas grandes e maduras. Mas gostavam de picar Laura e Ma na mesma medida.

Os dedos e a boca de Laura ficavam entre o roxo e o preto, por causa das amoras. Seu rosto, suas mãos e seus pés descalços ficavam cobertos de arranhões e picadas. Também surgiam manchas roxas, onde ela batia, tentando matar os mosquitos. Todos os dias, elas voltavam para casa com baldes cheios de amoras, que Ma espalhava para secar ao sol.

Todos os dias, eles comiam todas as amoras que queriam. No próximo inverno, teriam amoras secas para os ensopados.

Mary raramente ia colher amoras. Ela ficava em casa com Carrie, porque era a mais velha. Durante o dia, apareciam apenas um ou dois mosquitos na casa. À noite, a menos que houvesse vento forte, eles vinham em nuvens. Nas noites paradas, Pa queimava grama úmida em volta da casa e do estábulo. A fumaça devia manter os mosquitos longe. Mas muitos deles entravam mesmo assim.

Pa não podia tocar a rabeca à noite, com todos os mosquitos mordendo. O senhor Edwards não vinha mais visitar depois do jantar, de tantos mosquitos que havia na planície do riacho. A noite toda, Pet, Patty, o filhote, o bezerro e a vaca sacudiam o rabo no estábulo. Pela manhã, a testa de Laura estava sempre cheia de mordidas.

– Não vai durar muito – Pa disse. – O outono não demora, e o primeiro vento frio vai acabar com eles!

Laura não se sentia muito bem. Um dia, ficou com frio mesmo no sol quente e não conseguia se aquecer à fogueira.

Ma perguntou por que ela e Mary não saíam para brincar, e Laura disse que não tinha vontade. Estava cansada e dolorida. Ma parou de trabalhar e perguntou:

– Onde dói?

Laura não sabia explicar.

– Tudo – ela falou. – Minhas pernas.

– Comigo é igual – disse Mary.

Ma olhou para elas e disse que pareciam saudáveis. Mas também disse que devia haver algo de errado, ou não estariam tão quietinhas.

Ela levantou a saia e a anágua de Laura, para ver onde doía, e o corpo da menina estremeceu todo, a ponto de seus dentes ficarem batendo.

Ma levou a mão à bochecha de Laura.

– Não pode ser frio – ela disse. – Seu rosto está pelando.

Laura tinha vontade de chorar, mas não o fez. Só bebês choravam.

– Agora estou com calor – ela disse. – E minhas costas doem.

Ma chamou Pa, que logo veio.

– Dê uma olhada nas meninas, Charles – ela falou. – Acho que estão doentes.

– Eu mesmo não me sinto muito bem – disse Pa. – Fico com calor, depois com frio, e meu corpo está todo dolorido. É assim que se sentem, meninas? Até os ossos doem?

Mary e Laura disseram que era assim que se sentiam. Então Ma e Pa olharam um para o outro por um longo tempo, antes que ela dissesse:

– É melhor irem para a cama, meninas.

Era bastante estranho ir para a cama durante o dia. Laura estava tão quente que tudo parecia balançar. Segurou-se no pescoço de Ma enquanto ela a despia e implorou que Ma lhe dissesse o que havia de errado.

– Você vai ficar bem. Não se preocupe – Ma disse, animada. Laura deitou na cama, e Ma a cobriu. A sensação foi boa. Ma passou a mão fria e leve sobre a testa da menina e disse: – Pronto. Agora durma.

Laura não chegou a dormir profundamente, tampouco ficou acordada de vez por um longo tempo. Coisas estranhas pareciam acontecer, de forma vaga. Ela via Pa agachado diante da lareira, no meio da noite, e de repente o sol incomodava seus olhos e Ma lhe dava caldo de colher. Algo ia ficando cada vez menor, até parecer tão minúsculo quanto poderia ser. Depois, devagar, ia inchando e se tornava maior que qualquer outra coisa. Duas vozes falavam cada vez mais rápido, depois uma voz lenta se arrastava mais do que Laura podia suportar. Só se ouviam as vozes, sem formar palavras.

Ao seu lado na cama, Mary continuava com a temperatura elevada. Mary tirava as cobertas, então Laura chorava porque sentia frio. De repente, estava ardendo, e a mão de Pa chegava com uma caneca. A água respingava no pescoço dela. A caneca de lata batia contra seus dentes, e Laura mal conseguia beber. Então Ma ajeitava as cobertas, e sua mão ardia na bochecha de Laura.

Laura ouviu Pa dizer:

– Vá para a cama, Caroline.

– Você está pior do que eu, Charles – Ma disse.

Laura abriu os olhos e viu o sol forte.

– Quero água! Quero água! Quero água! – Mary dizia, chorando.

Jack ia de um lado para o outro, entre a cama maior e a menor. Laura viu Pa deitado no chão, perto da cama maior.

Jack tocava Pa com a pata e choramingava. Ele pegou a manga de Pa nos dentes e sacudiu. Pa levantou a cabeça e disse:

– Tenho que levantar. Tenho que levantar. Caroline e as meninas.

Então sua cabeça pendeu para trás, e ele ficou imóvel. Jack ergueu o focinho e uivou.

Laura tentou se levantar, mas estava cansada demais. Então ela viu o rosto vermelho de Ma, olhando da beirada da cama. Mary continuava chorando porque queria água. Ma olhou para Mary, depois olhou para Laura e sussurrou:

– Você consegue, Laura?

– Sim, Ma – Laura disse. Daquela vez, ela tentou se levantar. Mas o chão parecia instável, e Laura caiu. Jack lambeu seu rosto, tremendo e choramingando. Mas aguentou firme quando ela se apoiou nele para se sentar.

Laura tinha que ir buscar água para que Mary parasse de chorar, e foi o que fez. Rastejou por todo o caminho até o balde. Restava só um pouco. Ela tremia tanto de frio que mal conseguiu segurar a concha.

Mas segurou. Pegou um pouco de água e se determinou a atravessar aquela enorme distância de novo. O tempo todo, Jack a acompanhava.

Mary nem abriu os olhos. Segurou a concha e engoliu toda a água. Então parou de chorar. A concha caiu no chão, e Laura entrou debaixo das cobertas. Levou um bom tempo para que voltasse a esquentar.

De vez em quando ela ouvia Jack choramingar. Às vezes ele uivava, e Mary achava que era um lobo, mas não tinha medo. Só ficava ali, ardendo, ouvindo-o uivar. Ela voltou a ouvir vozes, e aquela fala arrastada. Quando abriu os olhos, viu um rosto grande e preto bem de perto.

Era cor de carvão, brilhante. Os olhos também eram pretos. Os dentes brilhavam, bem brancos, em contraste com a boca grande e os lábios grossos. O rosto sorriu. Uma voz profunda disse, gentil:

– Beba, menininha.

Um braço a ergueu por baixo, e uma mão preta levou uma caneca até sua boca. Ao sentir o gosto amargo, Laura tentou virar a cabeça, mas a caneca acompanhava a boca. A voz suave e profunda insistiu:

– Beba. Vai lhe fazer bem.

Laura engoliu tudo, apesar do amargor.

Quando ela acordou, uma mulher gorda mexia em algo no fogo. Quando a viu direito, Laura percebeu que não era preta. Era morena, como Ma.

– Quero água, por favor – Laura disse.

A mulher gorda levou água na mesma hora. O líquido fresco fez Laura se sentir melhor. Ela olhou para Mary, que dormia ao seu lado. Olhou para Pa e Ma, que dormiam na cama grande. Jack estava deitado no chão, semiadormecido. Laura voltou a olhar para a mulher gorda e perguntou:

– Quem é você?

– Sou a senhora Scott – a mulher disse, sorrindo. – Está se sentindo melhor, não é?

– Sim, muito obrigada – Laura disse, com educação. A mulher gorda entregou a ela uma xícara de caldo quente de tetraz.

– Beba tudo, como uma boa menina – a senhora Scott disse. Laura bebeu até a última gota do caldo gostoso. – Agora durma. Vou cuidar de tudo até que vocês estejam bem.

Na manhã seguinte, Laura já se sentia tão melhor que quis levantar, mas a senhora Scott disse que era melhor que ficasse na cama até que o médico viesse. A menina obedeceu e ficou vendo a senhora Scott cuidar da casa e dar o remédio a Pa, Ma e Mary. Depois chegou a vez de Laura. Ela abriu a boca, e a mulher despejou algo terrivelmente amargo de um papelzinho dobrado em sua língua. Laura bebeu água e engoliu, depois bebeu mais. Tinha engolido o pó, mas não conseguia engolir o amargor.

Então o médico chegou. Era ele quem era preto. Laura nunca tinha visto um homem preto e não conseguia tirar os olhos do doutor Tan. Ele era muito preto. Ela ficaria com medo se não tivesse gostado tanto dele. O doutor Tan mostrava todos os dentes brancos ao sorrir para ela. Ele falou com Pa e Ma. Às vezes soltava uma gargalhada alegre. Todos queriam que ficasse mais, só que o doutor Tan precisava ir.

A senhora Scott disse que todos os colonos instalados ao longo do riacho estavam com sezão. Não havia gente o bastante com saúde para cuidar dos outros, e ela vinha se alternando entre as casas, trabalhando noite e dia.

– É incrível que tenham sobrevivido – ela disse. – Todos doentes ao mesmo tempo.

Ela não sabia o que teria acontecido se o doutor Tan não os tivesse encontrado.

O doutor Tan era médico e trabalhava com os índios. Estava a caminho de Independence quando passou pela casa. Jack, que odiava desconhecidos e nunca deixava que ninguém se aproximasse da casa até que Pa ou Ma o mandassem parar, tinha ido ao seu encontro e implorado para que o acompanhasse.

– Ele deparou com todos vocês mais mortos do que vivos – disse a senhora Scott.

O doutor Tan havia passado um dia e uma noite com eles, antes que a senhora Scott aparecesse. Agora, estava cuidando de todos os colonos doentes.

A senhora Scott disse que a doença vinha de comer melancias.

– Já disse uma centena de vezes, aquelas melancias...

– Como assim? – Pa perguntou. – Quem tem melancias?

A senhora Scott disse que um dos colonos havia plantado melancias na planície do riacho. E que todo mundo que havia comido as tais melancias estava doente. Ela disse que tinha avisado.

– Mas não. Eles preferiram comer, e agora estão pagando por isso.

– Eu não como uma boa fatia de melancia há um século – disse Pa.

No dia seguinte, ele saiu da cama. No outro, Laura também. Então Ma saiu, e depois Mary. Estavam todos magros e fracos, mas já eram capazes de cuidar de si mesmos. A senhora Scott pôde ir embora.

Ma disse que nem sabia como iam agradecer.

– *Pff!* – fez a senhora Scott. – Para que servem os vizinhos se não para ajudar uns aos outros?

As bochechas de Pa estavam sulcadas, e ele andava devagar. Ma com frequência se sentava para descansar. Laura e Mary não tinham vontade de brincar. Toda manhã, eles tomavam o pó amargo. Mas Ma continuava sorrindo de maneira encantadora, e Pa assoviava, animado.

– Sempre há um lado positivo, mesmo nas coisas ruins – ele disse. Não estava apto para trabalhar, mas podia fazer uma cadeira de balanço para Ma.

Ele trouxe madeira de salgueiro fino para dentro de casa e trabalhou lá. Podia parar a qualquer momento para colocar lenha no fogo ou erguer a chaleira para Ma.

Primeiro, Pa fez quatro pernas robustas e as prendeu bem, com peças cruzadas. Depois fez tiras finas da camada logo depois da casca. Ele trançou as tiras na vertical e na horizontal para formar o assento.

Então Pa cortou um galho comprido e reto ao meio. Fixou uma ponta à lateral do assento, curvou-o e fixou a outra ponta do outro lado do assento. Assim, a cadeira ficava com um encosto alto e curvado. Ele prendeu o encosto firme, depois trançou mais tiras na vertical e na horizontal, até que preenchessem o buraco.

Com a outra metade do galho comprido, Pa fez os braços da cadeira curvados na frente e atrás e preenchidos com a trama de tiras.

Por último, abriu um tronco maior, que havia crescido curvado. Ele virou a cabeça de ponta-cabeça e fixou os pedaços curvos nas pernas, para o balanço. Assim, a cadeira ficou pronta.

Eles comemoraram. Ma tirou o avental e ajeitou o cabelo castanho e liso. Até fechou o colarinho com o alfinete de ouro. Mary colocou o colar de contas em Carrie. Pa e Laura colocaram o travesseiro de Mary no assento da cadeira e o de Laura no encosto. Por cima, Pa estendeu a colcha da cama menor. Então ele pegou Ma pela mão e a conduziu até a cadeira, depois colocou Carrie em seus braços.

Ma se recostou naquela maciez toda. Suas bochechas magras coraram, e lágrimas fizeram seus olhos brilhar. Seu sorriso continuava lindo. A cadeira balançava suavemente.

– Ah, Charles – ela disse. – Nem sei quanto tempo faz que não me sinto tão confortável.

Então Pa pegou a rabeca e tocou e cantou para Ma, à luz da lareira. Ma se balançava, Carrie dormia, e Mary e Laura ficaram sentadas no banco, muito felizes.

No dia seguinte, sem dizer nada, Pa saiu com Patty. Ma se perguntou aonde ele poderia ter ido. Quando ele voltou, equilibrava uma melancia à frente da sela.

Ele mal conseguiu carregá-la até a casa. Deixou que caísse no chão e se jogou ao lado dela.

– Achei que nunca chegaria aqui – Pa disse. – Deve pesar uns vinte quilos, e na fraqueza em que estou... Passe a faca.

– Charles! – Ma disse. – Não faça isso. A senhora Scott disse que...

Pa soltou aquela sua risada forte e estridente.

– Não faz sentido – ele disse. – É uma bela melancia. Por que daria sezão? Todo mundo sabe que é o ar noturno que causa a doença.

– Essa melancia cresceu no ar noturno – disse Ma.

– Isso é bobagem! – Pa falou. – Passe a faca. Eu comeria esta melancia mesmo sabendo que me daria calafrios e febre.

– Imagino mesmo que sim – Ma disse, passando a faca a ele.

A lâmina entrou na melancia com um som delicioso. A casca verde se abriu, e viu-se o miolo bem vermelho, pontilhado de sementes pretas. O miolo parecia congelado. Naquele dia quente, pareceu que nada nunca fora tão tentador quanto aquela melancia.

Ma não quis provar. Tampouco deixou que Laura e Mary comessem. Pa comeu uma fatia depois da outra, até suspirar e dizer que a vaca podia ficar com o resto.

No dia seguinte, ele estava com um pouco de calafrio e de febre. Ma culpou a melancia. Mas, no outro dia, era ela quem estava. Eles não sabiam o que podia ter causado a doença.

Naquela época, ninguém sabia que na verdade se tratava de malária e que eram certos mosquitos que a transmitiam com suas picadas.

Fogo na chaminé

A pradaria tinha mudado. Agora estava amarelo-escura, quase marrom, com manchas vermelhas de sumagre. O vento uivava contra a grama queimada e sussurrava triste contra a grama verde e curta. À noite, parecia alguém chorando.

Pa voltou a dizer que estavam em um lugar ótimo. Na Grande Floresta, ele precisava cortar o feno, curar e estocar no celeiro para o inverno. Ali, na Alta Pradaria, era o sol que curava a grama selvagem, onde estava mesmo, e no inverno todo as éguas e a vaca podiam pastar sozinhas. Ele só precisava guardar uma pequena quantidade, para os dias de tempestade.

Agora que o tempo estava mais fresco, ele iria à cidade. Não tinha ido no verão inteiro, porque com o calor a viagem seria dura demais para Pet e Patty. Elas teriam de carregar a carroça trinta quilômetros por dia, para chegar à cidade em dois dias. E Pa não queria ficar longe de casa por mais tempo que o necessário.

Ele deixou uma pilha pequena de feno perto do estábulo. Cortou madeira para o inverno e a deixou amarrada perto da casa. Só faltava conseguir carne o bastante para o tempo que passaria fora, por isso pegou a arma e foi caçar.

Laura e Mary brincavam no vento lá fora. Quando ouviam um tiro ecoar pela floresta, perto do riacho, sabiam que Pa havia conseguido carne.

O vento estava mais fresco agora, e por toda a planície bandos de patos levantavam voo e voltavam a pousar. Do riacho, bandos de gansos saíam em formação em V, dirigindo-se mais para o sul. O líder, à frente, chamava os que vinham atrás.

– *Quá?*

Toda a formação respondia, um depois do outro:

– *Quá!*

– *Quá!*

– *Quá!*

Então o primeiro grasnava:

– *Quá!*

E os outros respondiam:

– *Quá-quá!*

– *Quá-quá!*

O líder voava direto rumo ao sul, com suas asas fortes, as duas fileiras seguindo-o de maneira ordeira.

A copa das árvores à beira do riacho agora estava colorida. Os carvalhos variavam entre vermelhos, amarelos, marrons e verdes. Os choupos, os plátanos e as nogueiras estavam amarelos como o sol. O céu já não ficava tão azul, e o vento era hostil.

Naquela tarde, o vento soprou forte e frio. Ma chamou Mary e Laura para dentro de casa. Ela acendeu o fogo e puxou a cadeira de balanço para perto dele, então se sentou e ficou embalando a bebê enquanto cantava baixo para ela:

Durma tranquilo, nenê,
o papai já foi caçar.
Pele de coelho vai trazer
para o bebê esquentar.

Laura ouviu um estalo na chaminé. Ma parou de cantar. Ela se inclinou para a frente e olhou. Depois se levantou, em silêncio, passou a bebê para Mary, fez Mary se sentar na cadeira de balanço e saiu depressa. Laura foi atrás dela.

A parte de cima da chaminé estava pegando fogo. Os gravetos de que era feita queimavam. O vento agitava o fogo, que lambia o telhado, indefeso. Ma pegou uma vara comprida e bateu contra o fogo lá em cima. Lascas em chamas caíram em volta dela.

Laura não sabia o que fazer. Também pegou uma vara, mas Ma disse para não se aproximar. O barulho do fogo pegando era horrível. Podia queimar a casa inteira, e não havia nada que Laura pudesse fazer.

Ela correu para dentro. Gravetos e brasas queimando caíam da chaminé para a lareira. A casa estava cheia de fumaça. Um pedaço grande rolou no chão, para baixo da saia de Mary. Ela ficou paralisada de medo.

Laura estava assustada demais para pensar. Pegou a cadeira de balanço pesada e puxou com todas as forças. A cadeira veio deslizando pelo chão, trazendo Mary e Carrie junto. Laura pegou o graveto queimando e o jogou de volta na lareira, bem quando Ma voltava.

– Que bom que se lembrou do que eu disse sobre nunca deixar fogo no chão. Muito bem, Laura – Ma disse. Ela pegou o balde de água e apagou o fogo na lareira. Nuvens de fumaça subiram. – Você queimou as mãos?

Ela olhou para as mãos de Laura, que não estavam queimadas, uma vez que a menina havia atirado o graveto queimando bem depressa.

Laura não ia chorar de verdade. Era grande demais para aquilo. Uma única lágrima rolou de cada olho, e sua garganta se fechou, o que não era choro. Ela escondeu o rosto em Ma e a abraçou forte. Estava muito feliz por Ma não ter se machucado.

– Não chore, Laura – Ma disse, passando a mão no cabelo dela. – Você ficou com medo?

– Fiquei – Laura disse. – Fiquei com medo de que o fogo pegasse Mary e Carrie. Fiquei com medo de que a casa queimasse e não tivéssemos onde morar. Eu... ainda estou com medo!

Agora Mary já conseguia falar. Ela contou a Ma que Laura havia puxado a cadeira para longe do fogo. Laura era tão pequena, e a cadeira, tão grande, e devia estar pesada com Mary e Carrie nela. Ma ficou surpresa. Ela disse que não sabia como Laura tinha conseguido.

– Você foi muito corajosa, Laura – Ma disse. Na verdade, Laura morrera de medo. – E não houve nenhum dano. A casa não queimou, nem a saia de Mary, e o fogo não pegou Mary nem Carrie. Está tudo bem.

Quando Pa chegou, o fogo estava apagado. O vento soprava acima da parte de pedra da chaminé, que era baixa, e a casa estava fria. Pa disse que ia subir a chaminé com galhos e barro fresco, rebocando melhor, para que não pudesse pegar fogo.

Ele havia trazido quatro patos gordos e disse que poderia ter matado centenas deles. Quatro era tudo de que precisavam, no entanto. Pa disse a Ma:

– Guarde as penas, eu posso fazer um colchão de penas.

Ele também podia ter pego um veado, mas o clima ainda não estava frio o bastante para congelar a carne de modo que não estragasse até que comessem tudo. E tinha encontrado o lugar onde os perus ficavam abrigados.

– Nossos perus de Ação de Graças e Natal – ele disse. – Animais grandes e gordos. Quando chegar a hora, eu trago um.

Assoviando, Pa foi fazer barro e cortar gravetos para reconstruir a chaminé. Enquanto isso, Ma depenou e limpou os patos. Então o fogo voltou a estalar alegremente, e um pato gordo e o pão de milho foram assados. Tudo voltou a parecer confortável e aconchegante.

Depois do jantar, Pa disse que era melhor sair para a cidade no dia seguinte, logo cedo.

– É melhor ir e acabar logo com isso.

– Sim, Charles, é melhor você ir logo – Ma disse.

– Poderíamos nos virar mesmo que eu não fosse – disse Pa. – Não precisamos ficar indo o tempo todo à cidade, por cada coisinha. Já fumei tabaco melhor que o que Scott cultivava na Indiana, mas posso me virar com ele. E no próximo verão posso plantar e devolver. Queria não ter pegado os pregos emprestados de Edwards.

– Mas você pegou, Charles – Ma disse. – Quanto ao tabaco, você não gosta de pegar emprestado tanto quanto eu. E precisamos de mais quinina. Estou economizando a farinha de milho, mas está acabando, e o açúcar, também. Podemos encontrar uma colmeia, mas farinha de milho não é algo que se encontre, até onde sei, e não vamos plantar milho até o ano que vem. Um pouco de porco salgado seria bom também, depois de toda essa carne de caça. E eu gostaria de escrever para o pessoal em Wisconsin. Se você mandar uma carta agora, eles podem escrever durante o inverno, e teremos notícias deles na próxima primavera.

– Você está certa, Caroline. Sempre está – Pa disse. Ele se virou para Mary e Laura e disse que era hora de ir para a cama. Se queria sair cedo na manhã seguinte, era melhor dormir cedo naquela noite.

Pa tirou as botas, enquanto Mary e Laura vestiam a camisola. Quando já estavam na cama, ele pegou a rabeca. Tocou e cantou baixo:

Tão verde cresce o louro,
e a arruda, com vigor.
Despedir-me de você
é tão triste, meu amor.

Ma se virou para ele e sorriu.
– Tome cuidado na viagem, Charles. E não se preocupe conosco – ela disse. – Vamos ficar bem.

Pa vai à cidade

Antes de amanhecer, Pa partiu. Quando Laura e Mary acordaram, ele já tinha ido. A casa estava vazia e solitária. Não era como se Pa só tivesse saído para caçar. Ele ia à cidade e não voltaria por quatro longos dias.

Bunny foi trancada no estábulo, para não poder seguir a mãe. A viagem era longa demais para um filhote. Bunny choramingava, solitária. Laura e Mary ficaram em casa com Ma. Lá fora parecia um lugar grande e vazio demais para brincar quando Pa não estava. Jack também parecia inquieto e vigilante.

Ao meio-dia, Laura foi com Ma levar água para Bunny e transferir a vaca para a grama fresca, onde poderia pastar. A vaca já andava mais tranquila. Seguia Ma e até deixava que ela a ordenhasse.

Ma estava colocando a touca para sair de casa quando, de repente, os pelos de Jack se eriçaram no pescoço e nas costas, e ele saiu correndo. Elas ouviram um grito e um tumulto.

– Chamem o cachorro! Chamem o cachorro!

O senhor Edwards estava em cima da pilha de lenha, onde Jack tentava pegá-lo.

– Ele me encurralou – o senhor Edwards disse, recuando em cima da pilha.

Ma teve dificuldade em fazer Jack se afastar. Os olhos do cachorro estavam vermelhos, e seus dentes, à mostra. Ele acabou deixando que o senhor Edwards descesse da pilha, mas ficou de olho no homem o tempo todo.

– Minha nossa – disse Ma. – Parece que ele realmente sabe que o senhor Ingalls não está por perto.

O senhor Edwards disse que cachorros sabiam mais coisas do que a maioria das pessoas achava.

No caminho para a cidade, naquela manhã, Pa havia parado na casa do senhor Edwards e pedido que ele desse uma passada todos os dias para ver se sua família estava bem. O senhor Edwards era tão bom vizinho que tinha vindo na hora das tarefas, para fazê-las por Ma. Mas Jack parecia decidido a não deixar que ninguém além de Ma se aproximasse da vaca ou de Bunny na ausência de Pa. Ele teve de ser trancado na casa para que o senhor Edwards pudesse trabalhar.

Quando ia embora, o vizinho disse a Ma:

– Ponha o cachorro para dentro de casa esta noite e estarão seguras.

A escuridão se esgueirou devagar por toda a volta da casa. O vento uivou, triste, e as corujas fizeram:

– *Uu-uu!*

Um lobo uivou, e Jack rosnou baixo. Mary e Laura ficaram sentadas perto de Ma, à luz da lareira. Sabiam que estavam seguras dentro de casa, porque Jack estava ali, e Ma havia puxado o cordão do trinco.

O dia seguinte foi tão vazio quanto o anterior. Jack ficava circulando entre o estábulo e a casa. Não dava nenhuma atenção a Laura.

Naquela tarde, a senhora Scott veio visitar Ma. Laura e Mary ficaram sentadinhas, muito comportadas. A vizinha admirou a nova cadeira de balanço. Quanto mais balançava nela, mais gostava. Ela também disse que a casa era arrumada, confortável e bonita.

A senhora Scott comentou que esperava que não tivessem problemas com os índios. O senhor Scott havia ouvido rumores. Ela disse:

– Deus sabe que eles nunca fariam nada com esta terra. Só vagam por aqui, como animais selvagens. Independentemente de qualquer tratado, a terra pertence a quem a cultiva. É o senso comum, e o justo.

Ela disse que não sabia por que o governo fazia acordos com os índios. Índio bom era índio morto. Só de pensar em índios seu sangue gelava.

– Não consigo me esquecer do massacre de Minnesota. Meu pai e meus irmãos partiram com os outros colonos e os pararam a menos de trinta quilômetros de nós. Quantas vezes não ouvi meu pai contar como eles...

Ma produziu um ruído cortante com a garganta, para que a senhora Scott parasse. O que quer que fosse um massacre, era algo que adultos não discutiam na presença de crianças.

Depois que a senhora Scott foi embora, Laura perguntou a Ma o que era um massacre. Ma disse que não podia explicar: era algo que Laura compreenderia só quando fosse mais velha.

O senhor Edwards veio de novo naquela noite, para fazer as tarefas, e de novo Jack o encurralou sobre a pilha de lenha. Ma teve de arrastá-lo para longe. Ela disse ao senhor Edwards que não entendia o que tinha dado no cachorro. Talvez o vento o deixasse irritado.

O vento uivava de um jeito estranho e selvagem. Entrava pelas roupas de Laura como se elas nem estivessem lá. Os dentes dela e os de Mary batiam enquanto as duas carregavam braçadas de lenha para dentro.

Naquela noite, elas pensaram em Pa, em Independence. Se nada o tivesse atrasado, devia estar acampado lá, perto das casas e das pessoas. No dia seguinte, iria à loja e faria compras. Então, se conseguisse sair cedo, cumpriria boa parte do trajeto e acamparia na pradaria na outra noite. E na noite seguinte talvez chegasse.

O vento soprava forte pela manhã e fazia tanto frio que Ma teve de fechar a porta. Laura e Mary ficaram perto do fogo, ouvindo o vento, que sibilava em torno da casa e uivava chaminé adentro. Naquela tarde, as meninas se perguntaram se Pa já havia deixado Independence e estava voltando para elas, enfrentando o vento.

Quando escureceu, elas se perguntaram onde ele teria acampado. O vento estava muito frio. Chegava a entrar na casa aconchegante e fazia com que um arrepio subisse por suas costas mesmo que seus rostos ardessem da proximidade da lareira. Em algum lugar na pradaria ampla, escura e solitária, Pa acampava com aquele vento.

O dia seguinte foi bem longo. Pa não teria como chegar de manhã, mas elas já estavam esperando o momento de poder esperá-lo. À tarde, começaram a ficar de olho no caminho que vinha do riacho. Jack também. Ele choramingava e dava voltas no estábulo e na casa, parando para olhar na direção da planície e arreganhar os dentes. O vento quase o derrubava.

Quando Jack entrava na casa, não se deitava. Ficava perambulando, preocupado. Os pelos de seu pescoço se eriçavam, baixavam e voltavam a se eriçar. Ele tentava olhar pela janela, depois choramingava para a porta. Quando Ma a abriu, o cachorro mudava de ideia e decidia não sair.

– Jack está com medo de alguma coisa – Mary disse.

– Jack nunca tem medo de nada! – Laura discordou.

– Laura, Laura – Ma disse. – É falta de educação discordar.

Em determinado momento, Jack decidiu sair. Foi conferir se a vaca, o bezerro e Bunny estavam a salvo no estábulo. Laura queria dizer a Mary "Não falei?". Mas não disse, ainda que quisesse.

Na hora das tarefas, Ma manteve Jack dentro de casa, para que ele não encurralasse o senhor Edwards em cima da pilha de lenha. Pa ainda não havia chegado. O vento entrou pela porta junto com o senhor Edwards. Ele estava sem fôlego, rígido de tanto frio. Esquentou-se diante da lareira antes de ir trabalhar e, quando terminou, voltou a se sentar para se esquentar.

O vizinho contou a Ma que havia índios abrigados sob as escarpas. Ele havia visto a fumaça das fogueiras ao cruzar a planície. Ele perguntou se Ma tinha uma arma.

Ela disse que tinha a espingarda de Pa.

– Acho que eles não vão muito longe do acampamento em uma noite dessas – o senhor Edwards disse.

– Sim – Ma concordou.

O senhor Edwards disse que ficaria muito confortável no feno do estábulo e poderia passar a noite ali se Ma quisesse. Ela agradeceu, com educação, mas disse que não queria lhe dar tanto trabalho e que ficariam seguras com Jack.

– O senhor Ingalls deve chegar a qualquer minuto – Ma concluiu.

O senhor Edwards vestiu o casaco, o gorro e o cachecol e pegou a arma. Ele disse que não achava que ela teria problemas.

– Nem eu – Ma disse.

Depois que ele saiu, Ma fechou a porta e puxou o cordão do trinco, embora ainda estivesse claro. Laura e Mary podiam ver o caminho que vinha do riacho sem dificuldade e ficaram de olho nele até que a escuridão o escondesse. Então Ma fechou e bloqueou a veneziana de madeira. Pa não tinha chegado.

Elas jantaram. Lavaram a louça e viraram as cinzas da lareira, e ele ainda não havia chegado. No escuro, onde ele estava, o vento chiava, lamentava e uivava. Sacudia o trinco e as venezianas. Sibilava ao descer pela chaminé, enquanto o fogo rugia e queimava.

O tempo todo, Laura e Mary ficavam de ouvidos atentos ao som das rodas da carroça. Sabiam que Ma também, embora se balançasse na cadeira e cantasse para Carrie dormir.

A bebê pegou no sono, e Ma continuou se balançando. Finalmente, trocou a roupa de Carrie e a colocou na cama. Laura e Mary olharam uma para a outra. Não queriam ir para a cama.

– Hora de dormir, meninas! – Ma disse.

Então Laura implorou que ela deixasse que ficassem esperando Pa voltar, no que teve a ajuda de Mary, até que Ma concordasse.

Por um longo, longo tempo, ficaram todas sentadas. Mary bocejou, Laura bocejou, então as duas bocejaram. Mas mantinham os olhos bem abertos. Os de Laura viam as coisas ficar muito grandes e depois muito pequenas; às vezes ela via duas Marys, às vezes não via nada, mas ia ficar acordada até Pa voltar. De repente, um barulho a assustou, e Ma a pegou. Tinha caído do banco e batido no chão.

Laura tentou dizer a Ma que ainda não estava com sono o bastante para ir para a cama, mas um bocejo enorme a impediu.

No meio da noite, ela se sentou na cama. Ma continuava na cadeira de balanço, perto do fogo. O trinco sacudia, as venezianas sacudiam, o vento uivava. Os olhos de Mary estavam abertos, e Jack andava de um lado para o outro. Laura ouviu um uivo selvagem que subiu e desceu, depois subiu de novo.

– Deite e durma, Laura – Ma disse, gentil.

– O que foi esse uivo? – Laura perguntou.

– É o vento – disse Ma. – Agora obedeça, Laura.

Laura se deitou, mas seus olhos não quiseram se fechar. Sabia que Pa estava no escuro, com aquele uivo terrível. Os selvagens estavam sob as escarpas, ao longo da planície, e Pa teria de cruzar o rio no escuro. Jack rosnou.

Então Ma começou a se balançar suavemente na cadeira. A luz do fogo subia e descia, subia e descia pelo cano da arma de Pa em seu colo. Ela começou a cantar, baixo e doce:

Há uma terra de harmonia
que não fica nada perto,
clara como o dia,
onde de glória o santo é coberto.
Ah, ouvir os anjos cantar.
Ao Senhor, nosso Rei, adorar...

Laura nem percebeu que pegava no sono. Pareceu-lhe que os anjos começavam a cantar com Ma, e ela ficou ouvindo sua música celestial até que, de repente, seus olhos se abriram, e Pa estava em frente à lareira.

Laura pulou da cama, gritando:

– Ah, Pa! Pa!

As botas dele estavam cobertas de lama congelada. Seu nariz estava vermelho de frio, seu cabelo estava todo levantado. Pa exalava tanto frio que esse frio entrou pela camisola de Laura quando ela foi em sua direção.

– Espere! – Pa disse.

Ele enrolou Laura no xale de Ma e só depois a abraçou. Tudo estava bem. A casa estava aconchegante, com o fogo aceso, sentia-se o cheiro do café quente, Ma sorria e Pa estava de volta.

O xale era tão grande que Mary se enrolou na outra ponta. Pa tirou as botas duras e esquentou as mãos rígidas e geladas. Depois se sentou no banco, colocou Mary em um joelho e Laura no outro e abraçou forte as duas. Ficaram todos aconchegados no xale, com os pés descalços queimando com o calor da lareira.

– Ah! – Pa suspirou. – Achei que nunca fosse chegar em casa.

Ma procurou entre as compras e colocou em uma caneca de lata um pouco de açúcar mascavo que ele havia comprado em Independence.

– O café vai estar pronto em um minuto, Charles – ela falou.

– Na ida, choveu em todo o trajeto daqui até Independence – Pa contou. – E, na volta, a lama congelou entre as travas da roda. Tive que descer para soltar, de modo que as éguas pudessem voltar a puxar a carroça. E parecia que tinha acabado de fazer isso quando precisei repetir o processo. Era tudo o que eu podia fazer para ajudar Pet e Patty a avançar contra o vento. Elas ficaram tão cansadas que chegaram cambaleando. Nunca vi um vento tão forte. Corta como uma faca.

O vento havia começado a bater quando ele estava na cidade. Disseram-lhe que era melhor esperar até que parasse, mas Pa queria voltar para casa.

– Não sei como um vento do sul pode ser assim frio. Nunca vi nada igual. É o vento mais frio de que já ouvi falar.

Ele tomou o café e limpou o bigode com o lenço, então disse:

– Ah! Está perfeito, Caroline! Estou começando a descongelar. – Seus olhos brilharam para Ma, e ele disse a ela para abrir o pacote quadrado que estava na mesa. – Mas cuidado. Não deixe cair.

Ma parou de desembrulhar e disse:

– Ah, Charles! Não acredito!

– Abra – Pa falou.

No pacote quadrado havia oito quadrados pequenos de vidro. Eles teriam janelas de vidro em casa.

Nenhum quadrado havia quebrado. Pa tinha trazido todos a salvo até em casa. Ma balançou a cabeça e disse que ele não deveria ter gastado tanto, mas sorria com todo o rosto, e Pa riu de alegria. Estavam todos muito felizes. Durante o inverno inteiro poderiam olhar pela janela o quanto quisessem e permitir que a luz do sol entrasse.

Pa disse que achara que Ma, Mary e Laura iam gostar mais do vidro que de qualquer outro presente, e estava certo. Mas o vidro não era tudo o que ele havia comprado para elas. Ma abriu um saco pequeno de papel, que tinha açúcar branco dentro. Mary e Laura olharam para o branco cintilante daquele açúcar tão lindo e provaram uma colherada cada. Depois Ma fechou o pacote com cuidado. Quando recebessem visitas, teriam açúcar branco para servir.

O melhor de tudo era que Pa estava a salvo, em casa.

Laura e Mary voltaram a dormir, sentindo-se ótimas. Tudo ficava bem quando Pa estava ali. E agora tinham pregos, farinha de milho, gordura de porco, sal e tudo de que precisavam. Ele não teria que voltar à cidade por um bom tempo.

O índio alto

Naqueles três dias, o vento uivou e guinchou pela pradaria, até parar. Seguiram-se sol quente e vento brando, mas havia uma sensação de outono no ar.

Índios cruzaram montados o caminho que passava próximo da casa, como se a casa não estivesse ali.

Eram magros e morenos e andavam nus. Passaram em pôneis sem sela ou rédea. Sentavam-se bem eretos nos animais sem nada e nem olhavam para os lados. Mas seus olhos pretos cintilavam.

Laura e Mary ficaram junto à casa, olhando para eles. Viram a pele marrom-avermelhada brilhar sob o céu azul, mechas de cabelo presos por cordões no alto das cabeças carecas, penas tremulando. O rosto dos índios lembrava a madeira marrom-avermelhada que Pa tinha entalhado para fazer uma arandela para Ma.

— Achei que aquele caminho fosse antigo e os índios não o usassem mais — disse Pa. — Não teria construído a casa tão próxima a ele se soubesse que era via de passagem.

Jack odiava os índios, e Ma disse que não podia culpá-lo.

– Há tantos índios aqui que não posso olhar para onde quer que seja sem ver um – Ma disse.

Ela virou o rosto e de fato viu um índio ali. Ele estava à porta, olhando para eles, que não tinham ouvido nada.

– Meu Deus! – Ma exclamou.

Jack fez menção de pular no índio, sem latir. Pa o segurou pelo colarinho, bem a tempo. O índio não se moveu. Foi como se nem tivesse visto Jack.

– Rau! – ele disse para Pa.

Pa segurou Jack e respondeu:

– Rau!

Ele arrastou o cachorro e o amarrou. Enquanto o fazia, o índio entrou e se agachou diante do fogo.

Pa se agachou ao lado do índio. Eles ficaram ali, amistosos, mas sem dizer nada, enquanto Ma terminava de fazer o jantar.

Laura e Mary ficaram próximas, quietinhas na cama, no canto. Não conseguiam tirar os olhos do índio. Ele se mantinha tão imóvel que as lindas penas de águia de seu cabelo nem balançavam. Os únicos movimentos eram de seu peito nu e da suas costelas magras, conforme respirava. O índio usava calça de couro com franjas e um mocassim cheio de contas.

Ma serviu o jantar a Pa e ao índio em pratos de lata, e os dois comeram em silêncio. Depois, Pa deu um pouco de tabaco ao índio. Cada um encheu seu cachimbo e o acendeu com brasas do fogo. Fumaram em silêncio até o tabaco dos cachimbos terminar.

Durante todo o tempo, ninguém disse nada. Então o índio falou alguma coisa. Pa balançou a cabeça e disse apenas:

– Não falo.

Eles ficaram sentados em silêncio por mais algum tempo. Então o índio se levantou e foi embora, em completo silêncio.

– Meu Deus do céu! – Ma disse.

Laura e Mary correram para a janela. Viram as costas eretas do índio, que se afastava no pônei. Ele tinha uma arma sobre os joelhos, com uma ponta para cada lado.

Pa disse que aquele não era um índio qualquer. A julgar pelo penteado, achava que era um *osage*.

– Posso estar enganado, mas acho que ele falou em francês – Pa disse. – É uma pena que eu não tenha entendido.

– Os índios que fiquem com os deles, e faremos o mesmo – Ma disse. – Não gosto que fiquem aparecendo por aqui.

Pa disse que ela não precisava se preocupar.

– Ele foi perfeitamente amistoso – Pa disse. – E o acampamento entre as escarpas também são tranquilos. Se os tratarmos bem e controlarmos Jack, não teremos problemas.

Na manhã seguinte, quando Pa abriu a porta para ir ao estábulo, Laura viu Jack no caminho que os índios costumavam usar. O cachorro estava tenso, com os pelos das costas eriçados e todos os dentes à mostra. Diante dele, encontrava-se o índio alto, montado no pônei.

O índio e o pônei não se mexiam. Jack lhes dizia claramente que atacaria caso o fizessem. O único movimento era das penas de águia no penteado do índio, balançando e girando ao vento.

Quando viu Pa, o índio ergueu a arma e a apontou para Jack.

Laura correu para a porta, mas Pa foi mais rápido. Ele se colocou entre Jack e a arma, então se abaixou, pegou-o pelo colarinho e tirou-o da frente. O índio continuou seguindo o caminho.

Pa voltou a se levantar. Mantinha os pés bem abertos e as mãos nos bolsos enquanto olhava para o índio se afastando pela pradaria.

– Essa foi por pouco! – Pa disse. – Bom, o caminho é dele. Os índios que abriram, muito antes que chegássemos.

Ele fixou um anel de ferro a uma tora da parede da casa e acorrentou Jack a ela. O cachorro passou a ficar preso ali durante todo o dia, enquanto à noite ficava preso à porta do estábulo, porque agora havia ladrões de cavalo na região. Tinham levado os animais do senhor Edwards.

Jack foi ficando cada vez mais contrariado por passar o tempo todo preso. Mas não havia o que fazer. Ele não reconhecia que o caminho era dos índios: continuava achando que era de Pa. E Laura sabia que algo terrível aconteceria se Jack machucasse um índio.

O inverno estava chegando. As gramíneas tinham uma cor sem graça sob o céu sem graça. O vento soprava como se procurasse por algo e não conseguisse encontrar. Os pelos dos animais selvagens estavam grossos como nunca, e Pa montou suas armadilhas na planície do riacho. Verificava-as todo dia, assim como caçava todo dia. Agora que as noites estavam congelantes, ele caçava veados para comerem. Atirava em lobos e raposas para ficar com a pele, e suas armadilhas pegavam castores, ratos-almiscarados e *visons*.

Ele estendia as peles do lado de fora da casa com cuidado, para secar. À noite, manipulava-as para deixá-las mais macias, depois as deixava em fardos, no canto. A cada dia que passava, havia mais.

Laura amava acariciar a pele grossa e avermelhada das raposas. Também gostava dos pelos marrons e macios dos castores e da pele desgrenhada dos lobos. Mas a melhor de todas era a dos *visons*, bem sedosa. Pa ia guardando as peles para levar a Independence na primavera. Laura e Mary também tinham gorros de pele de coelho, enquanto Pa tinha um de rato-almiscarado.

Um dia, Pa estava caçando quando dois índios chegaram. Jack estava preso, e eles entraram na casa.

Estavam sujos, eram carrancudos e maus. Agiam como se a casa pertencesse a eles. Um pegou todo o pão de milho da despensa. Outro pegou o tabaco de Pa. Eles olharam para onde a arma de Pa costumava ficar. Depois um deles pegou um fardo de peles.

Ma segurava Carrie no colo, e Mary e Laura se mantinham perto dela. Todas viram o índio pegar as peles de Pa, mas não podiam fazer nada para impedi-lo.

Ele seguiu com as peles até a porta. Então o outro lhe disse algo. Os dois trocaram sons ásperos, produzidos na garganta, até que o primeiro deixou as peles no chão, e eles foram embora.

Ma se sentou. Deu um abraço forte nas meninas. Laura podia sentir o coração de Ma bater.

– Que bom que não levaram o arado e as sementes – Ma disse, sorrindo.

Laura pareceu surpresa.

– Como?

– É com aquele fardo de peles que vamos conseguir o arado e todas as sementes do próximo ano – Ma explicou.

Quando Pa voltou para casa, elas lhe contaram sobre os índios. Ele ficou muito sério, mas só disse que bem estava o que bem acabava.

Naquela noite, quando Mary e Laura foram para a cama, Pa tocou a rabeca. Ma se balançava na cadeira, com Carrie junto ao peito. Ela começou a cantar junto com a música, suavemente:

Uma índia seguia a esmo,
a brilhante Alfarata,
por onde correm as águas
do rio Juniata.

Minhas flechas saem firmes
da minha aljava pintada.
Minha canoa corre fácil
pela água apressada.

*Corajoso é o bom guerreiro
que é o amor de Alfarata,
orgulhosas tremulam suas penas
ao longo do Juniata.*

*Comigo ele fala baixo e suave,
mas sua voz parece trovão,
quando seu grito de guerra
ecoa por todo o costão.*

*Assim cantava nossa índia,
a brilhante Alfarata,
por onde correm as águas
do rio Juniata.*

*Anos fugazes se passaram,
mas a voz de Alfarata
segue correndo pelas águas
do rio Juniata.*

A voz de Ma e o som da rabeca foram diminuindo lentamente.

– Para onde ia a voz de Alfarata, Ma?

– Minha nossa! – Ma disse. – Ainda acordada?

– Vou dormir – Laura disse. – Mas, por favor, aonde ia voz de Alfarata?

– Ah, imagino que descansar – Ma respondeu. – É o que os índios fazem.

– E por que eles fazem isso, Ma? – Laura perguntou. – Por que seguem para oeste?

– Porque precisam – Ma respondeu.

– Por quê?
– Porque o governo os obriga, Laura – disse Pa. – Agora vá dormir.
Ele continuou tocando a rabeca por um tempo, baixinho.
– Posso fazer só mais uma pergunta, Pa?
– E a palavrinha mágica? – disse Ma.
Laura começou a refazer a pergunta:
– Por favor, Pa, posso fazer...
– Diga – falou Pa. Meninas educadas não interrompiam os outros, mas Pa tinha autoridade para fazer aquilo.
– O governo vai fazer os índios ir para oeste?
– Sim – Pa disse. – Quando colonos brancos chegam a uma região, eles têm que ir embora. O governo vai deslocar os índios para oeste a qualquer momento. É por isso que estamos aqui, Laura. Os brancos vão ocupar todo o país. Como nossa família chegou aqui primeiro, vamos ficar com as melhores terras, porque podemos escolher. Entendeu?
– Sim, Pa – disse Laura. – Mas eu achei que estivéssemos em território indígena. Os índios não vão ficar bravos de...
– Chega de perguntas, Laura – Pa disse, firme. – Vá dormir.

O senhor Edwards
encontra Papai Noel

Os dias andavam curtos e frios, e o vento uivava, cortante, mas não havia neve. Chuvas frias caíam, dia após dia, martelando o telhado e escorrendo pelos beirais.

Mary e Laura ficavam próximas ao fogo, costurando colchas de retalho ou fazendo bonequinhas com as sobras do papel de embrulho, ao barulho da chuva. Fazia tanto frio à noite que elas sempre esperavam ver neve na manhã seguinte, mas acordavam e viam apenas a grama molhada e feia.

Elas pressionavam o nariz contra os quadrados de vidro que Pa havia instalado na janela e ficavam felizes de poder fazê-lo. Mas queriam ver neve.

Laura estava ansiosa com a chegada do Natal, porque Papai Noel e suas renas não podiam viajar sem neve. Mary tinha medo de que, mesmo que nevasse, ele não fosse conseguir encontrá-las, estando elas tão longe, em território indígena. Quando perguntavam a respeito a Ma, ela dizia que não sabia como seria.

– Que dia é hoje? – as meninas perguntavam, ansiosas. – Quantos dias faltam para o Natal?

Sempre contavam nos dedos, até que restava um único dia para a data.

Ainda chovia naquela manhã. Não havia nem um respiro no céu cinza. As meninas estavam quase certas de que não haveria Natal, mas mantinham alguma esperança.

Pouco antes do meio-dia, a luz mudou. As nuvens se dividiram e se separaram, brilhando brancas no céu azul e claro. O sol brilhou, os pássaros cantaram, e milhares de gotas reluziam na grama. Quando Ma abriu a porta para deixar o ar fresco, ainda que frio, entrar, as meninas ouviram o riacho correr.

Não tinham pensado nele. Agora sabiam que não haveria Natal, porque Papai Noel não seria capaz de atravessar o rio cheio.

Pa chegou, trazendo um peru bem gordo. Devia pesar pelo menos uns dez quilos, ele garantiu, e prometeu comê-lo com penas e tudo se estivesse enganado.

– Acha que esse peru é digno de um almoço de Natal? – ele perguntou a Laura. – Consegue dar conta de uma coxa?

Ela disse que sim, mas muito séria. Depois Mary perguntou se o nível do riacho estava baixando, e Pa falou que continuava subindo.

Ma disse que era uma pena. Odiava pensar no senhor Edwards comendo sozinho o que ele próprio havia cozinhado no Natal. Tinham convidado o vizinho para comer com eles, mas agora Pa só balançou a cabeça e disse que um homem estaria arriscando o pescoço se tentasse cruzar o riacho como estava.

– A correnteza está forte demais – ele disse. – Vamos ter que nos conformar que Edwards não virá amanhã.

Aquilo significava que Papai Noel tampouco viria.

Laura e Mary procuraram não se chatear. Ficaram vendo Ma temperar o peru, que era bem gordo. Tinham sorte em morar em uma boa casa, poder se sentar diante do fogo quente e comer um peru daqueles no Natal. Foi o que Ma disse, e era verdade. Ma também disse que era uma pena que Papai Noel não poderia vir naquele ano, mas elas tinham sido meninas tão boas que ele não ia esquecê-las e certamente viria no ano seguinte.

Aquilo não as deixou feliz.

Depois do jantar, as meninas lavaram as mãos e o rosto, vestiram as camisolas de flanela vermelha, amarraram as toucas de dormir e rezaram, muito sérias. Elas se deitaram na cama e se cobriram. Nem parecia véspera de Natal.

Pa e Ma ficaram sentados diante do fogo. Depois de um tempo, Ma perguntou por que ele não tocava a rabeca.

– Não tenho vontade, Caroline.

Um pouco depois, Ma se levantou de repente.

– Vou pendurar as meias de vocês, meninas – ela disse. – Pode ser que algo aconteça.

O coração de Laura deu um salto no peito, mas ela se lembrou do riacho e soube que nada aconteceria.

Ma pegou uma meia limpa de Mary e outra de Laura e pendurou as duas na prateleira sobre a lareira, uma de cada lado. Laura e Mary ficaram olhando da cama.

– Agora vão dormir – Ma disse, dando um beijo de boa-noite em cada uma. – A manhã chegará mais rápido assim.

Ela voltou a se sentar, e Laura quase pegou no sono. Então Pa disse:

– Assim você só piora as coisas, Caroline.

Laura achou ter ouvido Ma dizer:

– Não, Charles. Tem o açúcar branco.

Mas talvez estivesse sonhando.

Então Laura ouviu Jack rosnar alto. O trinco da porta se sacudiu, e alguém gritou:

– Ingalls! Ingalls!

Pa estava acendendo o fogo. Quando abriu a porta, Laura viu que já era de manhã. Tudo estava cinza lá fora.

– Minha nossa, Edwards! Entre, homem! O que aconteceu? – Pa perguntou.

Laura viu que as meias estavam vazias e escondeu o rosto no travesseiro. Ela ouviu Pa colocar lenha na lareira e o senhor Edwards dizer que havia atravessado o riacho a nado, carregando as roupas na cabeça. Seus dentes batiam, e sua voz saía trêmula. Ele disse que ficaria bem assim que se esquentasse.

– Você correu um risco alto demais, Edwards – Pa disse. – Ficamos felizes que veio, mas foi demais só por causa do Natal.

– Suas filhas precisam ter um Natal – o senhor Edwards respondeu. – Nenhum riacho ia me impedir, uma vez que trouxe presentes de Independence para elas.

Laura se sentou na cama.

– O senhor viu Papai Noel? – ela gritou.

– Claro que sim – o senhor Edwards disse.

– Onde? Quando? Como ele é? O que ele disse? Ele deixou mesmo nossos presentes com o senhor? – Mary e Laura gritaram.

– Esperem, esperem um minuto! – o senhor Edwards riu.

Ma disse que ia colocar os presentes nas meias primeiro, como Papai Noel gostava, e que as meninas não podiam olhar.

O senhor Edwards se sentou no chão, ao lado da cama das meninas, e respondeu a todas as perguntas que fizeram. Elas se esforçaram muito para não olhar para Ma e não viram direito o que ela fazia.

O vizinho disse que, quando viu que o riacho estava subindo, soube que Papai Noel não ia conseguir atravessá-lo.

– Mas o senhor conseguiu – Laura disse.

– Sim – o senhor Edwards confirmou –, mas Papai Noel é velho e gordo. Não ia conseguir. Para mim, que sou alto e magro, não é um problema.

O senhor Edwards concluiu que, se Papai Noel não conseguisse atravessar o riacho, não iria mais ao sul de Independence. Por que atravessaria mais de sessenta quilômetros de pradaria só para ter que voltar depois? Claro que o velhinho não ia fazer aquilo!

Por isso, o senhor Edwards foi andando até Independence.

– Na chuva? – Mary perguntou.

O vizinho explicou que estava com sua capa de chuva.

Ali, ele havia deparado com Papai Noel, descendo uma rua.

– Em plena luz do dia? – Laura perguntou.

Ela achava que ninguém era capaz de ver Papai Noel à luz do dia. O senhor Edwards explicou que era de noite, mas que a rua estava iluminada por causa dos estabelecimentos da cidade.

A primeira coisa que Papai Noel havia dito fora: "Olá, Edwards".

– Ele conhece você? – Mary perguntou.

– Como você sabia que era Papai Noel? – Laura perguntou.

O senhor Edwards explicou que o bom velhinho conhecia todo mundo, e que ele reconheceu Papai Noel pelo bigode. Papai Noel tinha o bigode mais comprido, mais grosso e mais branco de todo o oeste do Mississípi.

Então Papai Noel dissera:

– Fiquei sabendo que está morando perto do rio Verdigris. Por acaso conhece duas menininhas por lá que se chamam Mary e Laura?

– Com certeza conheço – o senhor Edwards respondera.

– Estou preocupado com elas – dissera Papai Noel. – São duas menininhas doces, bonitas e comportadas, e sei que estão me esperando. Odeio ter que decepcionar duas boas meninas assim. Mas, com a água alta como está, não há como atravessar o riacho. Não consigo pensar em nenhuma maneira de chegar à casa delas neste ano, Edwards. Poderia me fazer o favor de entregar a elas os presentes?

– Farei isso com todo o prazer – dissera o senhor Edwards.

Então Papai Noel e o senhor Edwards tinham seguido até o outro lado da rua, onde as mulas de carga estavam amarradas.

Quando o senhor Edwards comentou aquilo, Laura perguntou:

– Ele não estava com as renas?

– Como estaria? – Mary disse a ela. – Não tem neve.

– Exatamente – disse o senhor Edwards. No sudoeste, Papai Noel viajava com mulas de carga.

Papai Noel soltara as mulas, procurara em sua carga e separara os presentes de Mary e Laura.

– Ah, e o que ganhamos? – Laura perguntou.

– O que ele fez depois? – Mary perguntou.

Papai Noel trocara um aperto de mão com o senhor Edwards e subira em seu belo cavalo baio. Ele cavalgava bem, para um homem de seu peso e sua constituição. Ele escondera o bigode comprido e branco sob um lenço.

– Até logo, Edwards – Papai Noel dissera e fora embora assoviando pela trilha que levava ao forte Dodge, com as mulas de carga logo atrás.

Laura e Mary ficaram em silêncio por um instante, refletindo.

Então Ma disse:

– Podem olhar agora, meninas.

Algo brilhava na boca da meia de Laura. Ela deu um gritinho e pulou da cama. Mary também, mas Laura foi a primeira a chegar à lareira. O que brilhava era uma caneca novinha em folha.

Mary havia ganhado uma igualzinha.

Agora, cada uma tinha sua própria caneca, da qual podia beber. Laura ficou pulando no lugar, gritou e riu, enquanto Mary se mantinha quietinha, olhando para sua caneca com os olhos brilhantes.

As duas voltaram a enfiar as mãos nas meias. Delas tiraram dois pedaços compridos de bala. Era bala de hortelã, com listras vermelhas e brancas. As meninas olharam por um longo tempo para aquele doce tão lindo. Laura deu uma lambida, apenas uma. Mary não era tão gananciosa. Não deu nem uma lambida na sua bala.

Ainda assim, as meias não esvaziaram. Mary e Laura tiraram dois pacotinhos pequenos delas. Quando os desembrulharam, cada uma encontrou um bolinho em forma de coração. A massa marrom delicada estava polvilhada de açúcar branco. Os grãos cintilantes lembravam a neve.

Os bolinhos eram bonitos demais para comer. Mary e Laura só ficaram olhando. Depois, Laura virou o dela e deu uma mordidinha embaixo, onde não estragaria. Por dentro, era branco!

Tinha sido feito com farinha branca pura e adoçado com açúcar branco.

Laura e Mary nunca teriam procurado mais nas meias. As canecas, os bolinhos e as balas eram quase demais. Estavam felizes demais para falar. Mas Ma perguntou a elas se tinham certeza de que as meias estavam vazias.

Então elas voltaram a enfiar as mãos, só para garantir.

No dedão de cada meia, havia uma moeda de um centavo, brilhando de tão nova!

As meninas nunca haviam pensado que teriam um centavo. Um centavo inteiro só para si. Uma caneca, um bolinho, uma bala *e* uma moeda de um centavo.

Nunca haviam tido um Natal igual.

É claro que Laura e Mary deveriam agradecer imediatamente ao senhor Edwards por todos os presentes que ele havia trazido de Independence. Mas elas tinham se esquecido completamente dele. Tinham se esquecido até de Papai Noel. Em um minuto, teriam se lembrado, mas antes disso Ma falou, gentilmente:

– Não vão agradecer ao senhor Edwards?

– Ah, obrigada, senhor Edwards! Muito obrigada! – elas disseram, e estavam sendo sinceras.

Pa apertou a mão do vizinho uma vez e depois outra. Os dois e Ma pareciam estar quase chorando, mas Laura não entendia por quê. Ela voltou a olhar para seus lindos presentes.

Laura voltou a olhar para os três quando Ma ofegou. O senhor Edwards estava tirando batatas-doces dos bolsos. Ele disse que haviam ajudado a equilibrar o pacote na cabeça enquanto atravessava o riacho. E achava que Pa e Ma podiam gostar de servi-las com o peru de Natal.

Ele havia trazido nove batatas-doces, também da cidade. Era demais. Foi o que Pa disse.

– É demais, Edwards.

Eles nunca seriam capazes de agradecer por tudo.

Mary e Laura estavam agitadas demais para comer no café da manhã. Tomaram leite de suas canecas novinhas em folha, mas não seriam capazes de engolir o coelho ensopado ou o mingau de farinha de milho.

– Não é preciso forçar, Charles – Ma disse. – Logo vamos almoçar.

No almoço, eles comeram o peru assado, que estava macio e suculento. Também havia batatas-doces, assadas na brasa depois de bem lavadas, para que pudessem comer a casca também. Com o restante da farinha branca, Ma havia feito pão.

Depois de tudo aquilo, ainda havia amoras secas e bolinhos. Mas os bolinhos eram feitos de açúcar mascavo e não tinham açúcar branco polvilhado por cima.

Pa, Ma e o senhor Edwards ficaram sentados perto do fogo, falando sobre os Natais passados no Tennessee e no norte, na Grande Floresta. Mary e Laura ficaram olhando para seus lindos bolinhos, brincando com suas moedas e bebendo água de suas canecas. Pouco a pouco, lamberam e chuparam as balas, até que estivessem pontiagudas de um lado.

Foi um Natal muito feliz.

Um grito na noite

Os dias eram curtos e cinza agora, e as noites eram muito escuras e frias. Nuvens pairavam baixas sobre a casinha e se espalhavam pela pradaria deserta. Chovia, e às vezes havia um pouco de neve no vento. Os pedacinhos duros giravam no ar e se acumulavam sobre as folhas encurvadas das pobres gramíneas. Ao amanhecer, já não havia mais neve.

Todo dia, Pa ia caçar e verificar as armadilhas. Mary e Laura ajudavam Ma com o trabalho dentro da casa, aconchegante e com o fogo aceso. Depois, costuravam suas colchas de retalhos. Cantavam versinhos para Carrie e brincavam de esconder o dedal. Com um pedaço de fio e os dedos, brincavam de cama-de-gato. Frente a frente, primeiro batiam palmas sozinhas uma vez, depois batiam nas mãos da outra, mantendo o ritmo enquanto cantavam:

*Sopa de feijão quente,
sopa de feijão fria,
sopa de feijão na panela,
nove dias envelhecida.*

*Alguns gostam quente,
outros gostam fria,
outros gostam na panela,
nove dias envelhecida.*

*Eu gosto quente,
eu gosto fria,
eu gosto na panela,
nove dias envelhecida.*

Era verdade. Não havia nada tão gostoso para o jantar quanto a sopa de feijão, com um pedacinho de porco salgado, que Ma servia nos pratos de lata quando Pa voltava da caça, com frio e cansado. Laura gostava de tomar tanto quente quanto fria e estava sempre boa enquanto durava. Mas nunca chegava a durar nove dias, porque eles comiam antes.

O tempo todo, o vento soprava, chiando, uivando, lamentando, gritando, soluçando triste. Estavam acostumados a ouvi-lo. Ouviam o dia todo, e à noite, enquanto dormiam, sabiam que continuava soprando. Mas, uma noite, ouviu-se um grito tão terrível que todos despertaram.

Pa pulou da cama.

– Charles! O que foi isso? – Ma perguntou.

– Uma mulher gritando – Pa disse, vestindo-se o mais rápido possível. – Parece ter vindo dos Scotts.

– O que pode ter acontecido? – Ma perguntou.

Pa já estava calçando a bota. Enfiou um pé, segurou pela aba virada do cano alto e puxou com força, depois pisou forte no chão, para ajeitá-la.

– Scott pode estar doente – ele disse, calçando a outra bota.

– Você não acha que...? – Ma perguntou, baixo.

– Não – Pa falou. – Já disse que eles não vão criar problemas. São pacíficos e estão tranquilos em seu acampamento em meio às escarpas.

Laura fez menção de se levantar, mas Ma disse:

– Deite e fique quietinha, Laura.

A menina obedeceu.

Pa colocou o casaco xadrez, bem quente, o gorro de pele e o cachecol. Acendeu a vela da lanterna, pegou a arma e correu para fora.

Antes que fechasse a porta atrás de si, Laura viu a noite lá fora. Estava escuro como breu. Nem uma estrela brilhava no céu. Ela nunca tinha visto uma escuridão tão densa.

– Ma? – ela chamou.

– O que foi, Laura?

– Por que está tão escuro?

– Vai chover. – Ma puxou o cordão do trinco e colocou um pedaço de lenha no fogo. Depois voltou para a cama. – Durmam, meninas.

Mas Ma não dormiu, nem Mary nem Laura. Ficaram todas acordadas, com os ouvidos atentos. Não escutavam nada além do vento.

Mary cobriu a cabeça e sussurrou para Laura:

– Queria que Pa voltasse.

Laura fez que sim com a cabeça apoiada no travesseiro, mas não conseguiu dizer nada. Visualizava Pa atravessando o alto das escarpas, seguindo o caminho que levava à casa dos Scotts. Pequenos pontos de luz faiscavam aqui e ali, a partir dos buracos da lanterna de lata. Pareciam perdidos na escuridão.

Depois de um bom tempo, Laura sussurrou:

– Deve ser quase de manhã.

Mary assentiu. Elas tinham passado aquele tempo todo deitadas, só ouvindo o vento, mas Pa não havia voltado.

Então, acima do barulho do vento, elas voltaram a ouvir aquele grito terrível. Parecia bem perto da casa.

Laura também gritou, e pulou da cama. Mary se enfiou embaixo das cobertas. Ma se levantou e começou a se vestir depressa. Colocou mais lenha na lareira e disse a Laura para voltar para a cama. Laura implorou para que Ma a deixasse ficar de pé.

– Vista um xale – Ma disse.

Elas ficaram perto da lareira. Não ouviam nada além do vento. Não podiam fazer nada. Mas, pelo menos, não estavam deitadas na cama.

De repente, punhos bateram à porta.

– Deixe-me entrar! – Pa gritou. – Rápido, Caroline!

Ma abriu a porta, e Pa a bateu depressa atrás de si. Estava sem fôlego. Tirou o gorro e disse:

– Nossa! O susto ainda não passou.

– O que aconteceu, Charles? – perguntou Ma.

– Era uma pantera – Pa disse.

Ele tinha corrido o mais rápido possível até os Scotts. Ao chegar, encontrara a casa escura e em silêncio. Pa dera a volta no lugar, com os ouvidos atentos, procurando com a lanterna. Não encontrara nenhum sinal de que havia algo de errado. Sentira-se como um tolo, ao pensar que havia se trocado no meio da noite e andado mais de três quilômetros, só porque ouvira o vento uivar.

Ele não queria que o senhor e a senhora Scott soubessem o que tinha acontecido. Por isso, não os acordara. Voltara para casa tão rápido quanto possível, porque o vento estava cortante. Estava correndo pelo caminho, no ponto em que passava pela beirada da escarpa, quando de repente ouviu o mesmo grito vindo lá de baixo.

– Meu cabelo ficou tão arrepiado que até levantou meu gorro – ele disse a Laura. – Fugi para casa, como um coelho assustado.

– Onde estava a pantera, Pa? – ela perguntou.

– Em cima de uma árvore – ele disse. – Daquele choupo enorme, perto das escarpas.

– E ela veio atrás de você? – Laura perguntou.

– Não sei, Laura.

– Bem, agora você está a salvo, Charles – disse Ma.

– Sim, e fico feliz. A noite está escura demais para fugir de uma pantera – Pa falou. – Agora, Laura, onde está minha descalçadeira?

Laura a levou para ele. Tratava-se de uma placa fina de carvalho com um chanfro de um lado e uma ripa no meio. Laura a pôs no chão, com a ripa para baixo, de modo que o chanfro ficava mais alto. Pa pisou na descalçadeira com uma bota e colocou a outra no chanfro, que a segurou pelo salto enquanto Pa puxava o pé de dentro dela. Depois, ele tirou a outra bota, à mesma maneira. Apesar de apertadas, as botas acabaram saindo.

Laura ficou olhando enquanto ele fazia aquilo, depois perguntou:

– Uma pantera poderia carregar uma menininha, Pa?

– Sim – ele confirmou. – E matar e comer. Você e Mary devem ficar dentro de casa até que eu a mate. Assim que o sol sair, vou pegar minha arma e ir atrás dela.

Pa procurou pela pantera no dia seguinte inteiro. E no outro e no outro. Ele encontrou pegadas, encontrou seu esconderijo, encontrou os ossos de um antílope que a pantera tinha comido, mas não encontrou a pantera em lugar nenhum. Ela era capaz de avançar rapidamente pela copa das árvores, onde não deixava rastros.

Pa disse que não ia parar até matar a pantera.

– Não podemos deixar panteras correr soltas onde há meninas pequenas – ele falou.

Mas Pa não a matou e parou de procurar por ela. Um dia, ele deparou com um índio na floresta. Os dois ficaram ali, em meio ao frio e à umidade das árvores, olhando um para o outro, sem poder conversar, porque não conheciam a língua um do outro. O índio apontou para as pegadas da pantera e fez movimentos com a arma para indicar a Pa que a tinha matado. Então apontou para a copa das árvores e o chão, para indicar que a tinha encontrado em cima de uma árvore. Depois apontou para o céu, do oeste ao leste, para indicar que a havia matado no dia anterior.

Estava resolvido. A pantera tinha sido morta.

Laura perguntou se a pantera seria capaz de carregar um *papoose* e matá-lo e comê-lo também, e Pa disse que sim. Provavelmente aquele tinha sido o motivo pelo qual o índio havia matado a fera.

Reunião de índios

O inverno finalmente passou. O barulho do vento estava um tom mais suave, e o frio cortante se foi. Um dia, Pa disse que tinha visto um bando de gansos voar para o sul. Era hora de levar as peles a Independence.

– Mas os índios estão perto! – Ma disse.

– São perfeitamente amistosos – disse Pa.

Ele encontrara índios na floresta com frequência quando ia caçar. Não havia nada a temer.

– Está certo – Ma disse, mas Laura sabia que ela tinha medo dos índios. – Você tem que ir. Precisamos do arado e das sementes. Logo você estará de volta.

No dia seguinte, antes que amanhecesse, Pa atrelou Pet e Patty à carroça, carregou as peles e partiu.

Laura e Mary contavam os longos dias vazios. Um, dois, três, quatro, e Pa ainda não tinha voltado. Na manhã do quinto dia, começaram a esperá-lo de verdade.

Era um dia ensolarado. O vento ainda era friozinho, mas cheirava a primavera. Os grasnidos dos patos e dos gansos ressoavam pelo vasto céu azul. Em longas formações, eles voavam para o norte.

Laura e Mary brincaram do lado de fora, em meio ao clima bom. O pobre Jack só ficou vendo e suspirando. Não podia mais correr e brincar, porque vivia preso. Laura e Mary tentavam reconfortá-lo, mas ele não queria saber daquilo. Queria ser livre de novo, como costumava ser.

Pa não voltou naquela manhã nem naquela tarde. Ma disse que devia ter demorado para negociar as peles.

À tarde, Laura e Mary planejavam brincar de amarelinha. Elas fizeram o desenho na lama do quintal, com um graveto. Mary não queria brincar: tinha quase oito anos e não achava que aquilo era apropriado para uma mocinha. Mas Laura insistiu e a convenceu, dizendo que, se fossem lá fora brincar, logo veriam Pa chegar da planície do riacho. Por isso, Mary tinha concordado.

De repente, ela parou em um pé só e disse:

– O que é isso?

Laura já tinha ouvido o estranho som.

– São os índios – ela disse.

Mary baixou o pé e ficou congelada no lugar. Estava com medo. Não era exatamente medo que Laura sentia, mas o barulho a deixava desconfortável. Eram as vozes cortantes de muitos índios. Um machado golpeando. Um latido de cachorro. E uma música, mas diferente de tudo o que Laura já havia escutado.

Ela tentou apurar os ouvidos. Não escutava muito bem, com as colinas, as árvores e o vento no caminho, fora Jack, que não parava de rosnar.

Ma saiu de casa e escutou por um momento. Depois disse a Mary e Laura para entrarem. Também botou Jack para dentro e puxou o cordão para que só elas pudessem abrir a porta.

As meninas não brincaram mais. Ficaram olhando da janela e ouvindo. Ficava mais difícil, de dentro de casa. Às vezes, não ouviam nada, então voltavam a ouvir. O barulho não tinha parado.

Ma e Laura fizeram suas tarefas mais cedo que o normal. Trancaram Bunny, a vaca e o bezerro no estábulo e levaram o leite para casa. Ma o coou e deixou de lado. Pegou um balde de água fresca do poço, enquanto Laura e Mary levavam lenha para dentro. O som não parou naquele tempo todo. Parecia até mais alto e mais rápido e fazia o coração de Laura bater acelerado.

Elas entraram em casa, e Ma fechou a porta. O cordão já estava dentro. Não iam sair até a manhã seguinte.

O sol se pôs devagar. Nos limites da pradaria, as bordas do céu cintilavam em rosa. A luz da lareira bruxuleava dentro da casa escura, enquanto Ma preparava o jantar. Laura e Mary ficavam olhando pela janela, em silêncio. Elas viram quando as cores sumiram. A terra ficou nas sombras, e o céu assumiu um tom pálido de cinza. O tempo todo, aquele som vinha da planície do riacho, cada vez mais alto, cada vez mais rápido. O coração de Laura batia cada vez mais rápido, cada vez mais alto.

Como ela gritou quando ouviu a carroça! Correu para a porta e pulou no lugar, mas não conseguia abri-la. Ma não deixou que saísse. Ela mesma foi, para ajudar Pa com os fardos.

Ele entrou com os braços cheios. Laura e Mary agarraram suas mangas e pularam a seus pés. Ele soltou uma gargalhada alegre.

– Ei! Ei! Parem com isso! – Pa riu mais. – O que acham que sou? Uma árvore a escalar?

Pa deixou os fardos no chão, deu um abraço de urso em Laura, soltou-a e abraçou-a de novo. Depois abraçou Mary forte, com o outro braço.

– Está ouvindo, Pa? – Laura disse. – Os índios? Por que estão fazendo esse barulho estranho?

– Ah, é algum tipo de reunião – ele falou. – Ouvi quando estava atravessando a planície do riacho.

Pa saiu para desatrelar as éguas e trazer o restante dos fardos. Tinha conseguido o arado. Deixou-o no estábulo, mas as sementes ficaram na casa, por segurança. Trouxera açúcar, não branco daquela vez, mas mascavo. Açúcar branco era muito caro. Também trouxera um pouco de farinha branca. Além de farinha de milho, sal, café, todas as sementes de que precisariam e batatas. Laura queria que pudessem comer as batatas, mas iam plantá-las.

Então o rosto de Pa reluziu, e ele abriu um pacotinho pequeno. Eram bolachas. Pa o colocou na mesa, abriu e deixou ao lado de um jarro cheio de picles de pepino.

– Pensei que podíamos nos dar ao luxo – ele falou.

Laura salivou. Os olhos de Ma brilharam, fixos em Pa. Ele tinha lembrado que ela estava morrendo de vontade de picles.

E não era só aquilo. Pa deu a Ma um pacote e ficou vendo enquanto ela o abria. Era um belo tecido, para fazer um vestido.

– Ah, Charles, não precisava! É demais! – ela disse. Mas tanto o rosto de Ma quanto o de Pa reluziam.

Ele pendurou o gorro e o casaco xadrez no lugar. Então olhou de lado para Laura e Mary, mas só. Sentou-se e esticou as pernas diante do fogo.

Mary também se sentou e cruzou as mãos sobre as pernas. Mas Laura subiu no colo de Pa e começou a dar soquinhos nele.

– Cadê? Cadê? Cadê meu presente? – ela disse.

Pa deu uma gargalhada, que lembrava sinos tilintando, então disse:

– Acho que tenho alguma coisa no bolso da camisa.

Ele tirou de lá um pacote de formato estranho e o abriu muito lentamente.

– Você primeiro, Mary, por ser tão paciente. – Pa deu a ela um pente. – E aqui está, nervosinha! Este é o seu – ele disse a Laura.

Os pentes eram iguaizinhos, feitos de borracha preta e curvados para se adaptar ao tamanho da cabeça de uma menina. Consistiam em um pedaço de borracha chato em cima, com ranhuras curvas e um buraco em forma de uma estrela de cinco pontas no meio. Uma fita colorida fora passada por baixo, de modo que aparecesse.

A fita do pente de Mary era azul, enquanto a fita do pente de Laura era vermelha.

Ma pôs o cabelo das duas para trás e o prendeu com o pente. Por entre os fios dourados, exatamente no meio da testa de Mary, havia uma estrelinha azul. E, por entre os fios castanhos de Laura, no meio da testa dela, havia uma estrelinha vermelha.

Laura olhou para a estrela de Mary, Mary olhou para a estrela de Laura, e as duas riram, felizes. Nunca haviam tido nada tão bonito.

– Charles, você não comprou nada para si mesmo? – perguntou Ma.

– Comprei um arado – ele disse. – O tempo logo ficará quente, e vou começar a arar.

Foi o jantar mais feliz que tiveram em um longo tempo. Pa estava a salvo em casa. O porco salgado e frio estava uma delícia, depois de tantos meses comendo pato, ganso, peru e veado. E nunca tinham provado algo tão gostoso quanto as bolachinhas com o picles azedo.

Pa começou a falar das sementes. Tinha comprado de nabo, cenoura, cebola e repolho. De ervilha e feijão. De milho, trigo e tabaco, além das batatas. E de melancia.

– Ah, Caroline, quando começarmos a colher desta nossa terra tão fértil, viveremos como reis! – ele disse a Ma.

Eles quase esqueceram o barulho que chegava do acampamento indígena. As venezianas estavam fechadas. O vento entrava uivando pela chaminé e assoviava pela casa. Estavam tão acostumados com aquilo que nem notavam. Quando o vento parou por um instante, Laura voltou a ouvir o som selvagem, estridente e retumbante do acampamento indígena.

Então Pa começou a dizer algo a Ma, de modo que Laura ficou paradinha para escutar. Ele comentou que o pessoal de Independence estava dizendo que o governo ia tirar os colonos brancos do território indígena. Disse que os índios andavam reclamando e tinham recebido uma resposta de Washington.

– Ah, Charles, não! – Ma disse. – Não depois de termos feito tanto!

Pa disse que não acreditava naquilo.

– Eles sempre deixaram que os colonos ficassem com as terras. Vão fazer os índios irem embora de novo. Não recebi notícias diretamente de Washington de que esta região vai ser aberta a ocupação a qualquer momento?

– Gostaria que resolvessem logo isso e parassem com a falação – Ma disse.

Laura continuou acordada um bom tempo depois de se deitar, assim como Mary. Pa e Ma ficaram sentados diante da lareira. Pa havia trazido um jornal do Kansas e o lia à luz de vela para Ma. O jornal confirmava que ele estava certo: o governo não faria nada contra os colonos brancos.

Sempre que o som do vento morria, Laura ouvia vagamente o barulho da reunião no acampamento indígena. Às vezes, ela achava ter ouvido gritos de júbilo mesmo por cima dos uivos. Aquilo fazia seu coração bater cada vez mais rápido. *Ri! Ri! Ri-ih! Rá! Ri! Rá!*

Fogo na pradaria

A primavera tinha chegado. O vento quente trazia um cheiro empolgante, e o mundo exterior parecia vasto, claro e doce. Nuvens brancas e grandes flutuavam altas, no espaço aberto. Suas sombras, estreitas e marrons, estendiam-se sobre a pradaria. As cores pálidas e suaves das gramíneas mortas tomavam conta do resto.

Pa revolvia o terreno, com Pet e Patty atreladas ao arado. Era tudo uma massa compacta de raízes. Pet e Patty puxavam devagar, com todas as suas forças. O arado afiado revolvia devagar faixas compridas e ininterruptas de gramado.

As gramíneas mortas às vezes eram tão altas e densas que mantinham o solo em placas. Não sobrava apenas terra revolvida, depois que Pa passava o arado. As longas raízes repousavam esticadas sobre a grama, assim como as gramíneas em si.

Pa, Pet e Patty continuavam trabalhando. Ele disse que a batata e o milho começariam a brotar naquele ano e que no ano seguinte as raízes e as gramíneas mortas já teriam apodrecido. Em dois ou três anos, teriam o campo muito bem arado. Pa gostava da terra, porque era fértil, e não havia árvores, troncos ou pedras atrapalhando.

Muitos índios vinham cavalgando pelo caminho. Havia índios em toda parte. Os tiros de suas armas ecoavam na planície do riacho, quando estavam caçando. Ninguém sabia quantos deles se escondiam na pradaria, que podia parecer plana, mas não era. Com frequência, Laura via um índio onde um instante antes não havia ninguém.

Muitas vezes, eles iam à casa. Alguns eram amistosos, outros pareciam rabugentos e contrariados. Todos queriam comida e tabaco, e Ma lhes dava o que queriam. Tinha medo demais para não o fazer. Quando um índio apontava para algo e grunhia, Ma lhe dava o que quer que fosse. A maior parte da comida era mantida escondida e trancada.

Jack estava sempre bravo, mesmo com Laura. Nunca o soltavam. Ele só ficava deitado, odiando os índios. Laura e Mary tinham se acostumado a vê-los. Não as surpreendiam mais. Mas as meninas sempre se sentiam mais seguras perto de Pa ou de Jack.

Um dia, elas estavam ajudando Ma com o jantar, enquanto Carrie brincava no chão, ao sol. De repente, o sol foi encoberto.

– Acho que vai cair uma tempestade – Ma disse, olhando pela janela.

Laura fez o mesmo e notou que nuvens grandes e pretas chegavam do sul, tapando o sol.

Pet e Patty chegaram correndo do campo, com Pa se segurando ao arado pesado, que saltava atrás.

– Fogo na pradaria! – ele gritou. – Encham a tina de água! Joguem sacos dentro! Depressa!

Ma correu até o poço, e Laura correu para pegar a tina. Pa amarrou Pet à casa, depois desamarrou a vaca e o bezerro e os fechou no estábulo. Ele pegou Bunny e a amarrou bem no canto norte da casa.

Ma puxava baldes de água o mais rápido que podia. Laura correu para ir buscar os sacos que Pa atirava do estábulo.

Pa voltou a arar, gritando para que Pet e Patty fossem mais rápido. O céu estava preto, e o ar em volta estava escuro, como se o sol tivesse se posto. Pa abriu um longo sulco nas faces oeste e sul da casa, depois a leste. Coelhos passavam correndo, como se ele não estivesse ali.

Pet e Patty galopavam, com o arado e Pa sacudindo atrás. Pa amarrou as duas ao outro canto da face norte da casa. A tina estava cheia de água. Laura ajudou Ma a mergulhar os sacos.

– Faltou um lado. Não houve tempo – Pa disse. – Rápido, Caroline. O fogo está vindo mais rápido que um cavalo a galope.

Um coelho grande pulou por cima da tina enquanto Pa e Ma a erguiam. Ma mandou Laura ir para dentro de casa. Ela e Pa correram cambaleantes para o sulco, com a tina.

Laura se manteve próxima à casa. Via o fogo vermelho chegar sob as ondas de fumaça. Mais coelhos passaram correndo. Ignoraram Jack por completo, e o cachorro tampouco ligou para eles: mantinha os olhos fixos na vermelhidão sob a fumaça. Ele tremia e choramingava, bem próximo a Laura.

O vento aumentava, uivando desvairadamente. Milhares de pássaros voavam à frente do fogo, milhares de coelhos corriam.

Pa ia de um lado a outro dos sulcos, tacando fogo na grama do outro lado. Ma o acompanhava com um saco úmido, batendo com ele nas chamas que tentavam atravessar os sulcos. A pradaria estava lotada de coelhos saltitantes. Cobras rastejavam pelo jardim. Tetrazes corriam em silêncio, com o pescoço esticado e as asas abertas. Pássaros gritavam junto com o vento.

O fogo baixo de Pa cercava toda a casa agora, e ele começou a ajudar Ma com os sacos úmidos. Estava fora de controle, pegando na grama seca dentro dos sulcos. Pa e Ma apagavam-no com os sacos ou pisavam nele quando chegava a passar. Corriam de um lado para o outro, em meio à fumaça, para detê-lo. O fogo da pradaria agora rugia, cada vez mais alto, com o vento uivante. Chamas volumosas se aproximavam, chamejando e subindo alto. Chamas torcidas se despegaram e vieram com o vento, queimando a grama muito à frente da parede de fogo rugindo. Uma luz vermelha vinha com as nuvens pretas de fumaça mais acima.

Mary e Laura se mantinham à porta, de mãos dadas, tremendo. Carrie estava lá dentro. Laura queria fazer alguma coisa, mas sua mente rugia e girava, tal qual o fogo. Suas entranhas se reviravam, e lágrimas rolaram de seus olhos ardentes. Seus olhos, seu nariz e sua boca incomodavam, por causa da fumaça.

Jack uivou. Bunny, Pet e Patty ficaram puxando as cordas a que estavam amarradas, relinchando furiosamente. Chamas terríveis, laranja e amarelas, vinham mais rápido do que cavalos, e sua luz bruxuleante dançava sobre tudo.

O fogo fraco de Pa tinha formado uma faixa queimada. Ele recuava devagar, contra o vento, rastejando rumo às chamas furiosas e altas. De repente, o segundo fogo engoliu o primeiro.

O vento aumentou, chegando a um grito agudo, crepitante, impetuoso, e as chamas subiram no ar. O fogo cercou toda a casa.

Então acabou. Ele passou rugindo e foi embora.

Pa e Ma apagavam incêndios menores aqui e ali, no quintal. Quando tinham sido todos extintos, Ma voltou para casa e lavou as mãos e o rosto. Estava trêmula, toda suja de fumaça e suada.

Ela disse que não havia nada com que se preocupar:

– O fogo mais baixo nos salvou. E bem está o que bem acaba.

Cheiro de queimado perdurava no ar. A pradaria estava toda chamuscada, nua e preta, até os limites do céu. Fumaça ainda subia dela. Cinzas voavam ao vento. Tudo parecia diferente, triste. Pa e Ma estavam alegres, porque o fogo tinha passado sem lhes fazer nenhum mal.

Pa disse que tinha sido por pouco, mas que pouco já era o bastante. Ele perguntou a Ma:

– O que aconteceria se tivesse pegado fogo enquanto eu estava em Independence?

– Teríamos ido para o riacho, com os pássaros e os coelhos, claro – disse Ma.

Todas as criaturas selvagens da pradaria sabiam o que fazer. Tinham corrido, voado, saltitado e rastejado o mais rápido possível até à água, para se proteger do fogo. Fora os pequenos roedores, que haviam se enfiado em suas tocas e foram os primeiros a voltar e pôr os olhos na pradaria vazia e fumacenta.

As aves voltaram voando da planície do riacho em seguida, depois os coelhos chegaram pululando. Demorou muito, muito tempo para que as cobras voltassem rastejando, e os tetrazes, andando.

O fogo apagou nas escarpas. Não chegou à planície do riacho nem ao acampamento indígena.

Aquela noite, o senhor Edwards e o senhor Scott foram visitar Pa. Estavam preocupados, achando que os índios podiam ter começado o incêndio de propósito, para atingir os colonizadores brancos.

Pa não acreditava naquilo. Disse que os índios sempre queimavam a pradaria para que a grama verde voltasse a crescer mais depressa e ficasse mais fácil viajar. Seus pôneis não conseguiam viajar em meio às gramíneas mortas, altas e grossas. Agora o terreno estava limpo, o que também era bom para Pa, porque ficaria mais fácil arar a terra.

Enquanto os homens conversavam, ouviram-se tambores e gritos no acampamento indígena. Laura ficou sentada quietinha no degrau da entrada, ouvindo a conversa e os índios. As estrelas pareciam grandes e baixas no céu, piscando sobre a pradaria queimada, e o vento soprava gentilmente no cabelo dela.

O senhor Edwards disse que havia índios demais no acampamento e afirmou não gostar daquilo. O senhor Scott disse que não sabia por que aqueles selvagens estariam se reunindo se não tinham más intenções.

– Índio bom é índio morto – o senhor Scott finalizou.

Pa disse que não estava certo daquilo. Imaginava que os índios seriam tão pacíficos quanto qualquer um se deixados em paz. Tinham precisado ir para oeste tantas vezes que odiavam os brancos, naturalmente. Mas eram sensatos o bastante para saber quando estavam vencidos. Com os soldados nos fortes Gibson e Dodge, Pa não acreditava que causariam problemas.

– Quanto a por que estão se reunindo no acampamento, Scott, isso eu posso explicar – Pa falou. – Estão se preparando para a grande caça aos búfalos, na primavera.

Pa disse que havia meia dúzia de tribos no acampamento. Em geral, as tribos lutavam entre si, mas em toda primavera havia uma trégua para a grande caça.

– Eles prometem ficar em paz, enquanto pensam em como caçar búfalos. Portanto, é improvável que comecem uma guerra contra nós. Têm conversas e celebrações, até que um dia saem todos em busca de um rebanho. Os búfalos logo estarão rumando para o norte, seguindo a grama seca. Minha nossa! Eu gostaria de participar de uma caçada dessas. Deve ser um espetáculo.

– Talvez esteja certo quanto a isso, Ingalls – disse o senhor Scott, devagar. – Vai ser bom transmitir à senhora Scott o que nos contou. Ela não consegue tirar os massacres de Minnesota da cabeça.

O grito de guerra dos índios

Na manhã seguinte, Pa saiu assoviando para trabalhar a terra. Voltou ao meio-dia, preto de fuligem da pradaria queimada, mas muito satisfeito. As gramíneas altas não o atrapalhavam mais.

Havia certa intranquilidade em relação aos índios. Havia cada vez mais deles na planície do riacho. Mary e Laura viam a fumaça de suas fogueiras durante o dia, e à noite ouviam seus gritos selvagens.

Pa chegou cedo do campo. Fez suas tarefas cedo e trancou Pet, Patty, Bunny, a vaca e o bezerro no estábulo. Os animais não podiam ficar no quintal, para pastar ao luar fresco.

Quando sombras começaram a se reunir na pradaria e o vento se acalmou, os barulhos do acampamento indígena soaram mais altos e mais selvagens. Pa colocou Jack para dentro de casa. A porta foi fechada, e o cordão que abria o trinco por fora, puxado para dentro. Ninguém sairia até de manhã.

A noite se esgueirava rumo à casinha, e a escuridão era assustadora. Uma noite, além dos gritos dos índios, ouviu-se o rufar dos tambores. Mesmo durante o sono, Laura ouvia o tempo todo os gritos selvagens e o rufar dos tambores. Ouvia as garras de Jack raspando e seu rosnado baixo. Às vezes, Pa se sentava na cama e ficava só ouvindo.

Uma noite, ele tirou o molde de balas da caixa de baixo da cama. Ficou sentado durante um longo tempo diante da lareira, derretendo chumbo e fazendo balas. Não parou até que tivesse usado até o último pedaço de chumbo. Laura e Mary ficaram acordadas, observando. Ele nunca havia feito tantas balas. Mary perguntou:

– Por que está fazendo isso, Pa?

– Ah, não tenho mais nada para fazer – ele disse, e começou a assoviar, animado. Mas tinha passado o dia arando a terra. Estava cansado demais para tocar a rabeca. Poderia ter ido para a cama, em vez de ficar acordado até tão tarde, fazendo balas.

Os índios não iam mais à casa. Fazia dias que Mary e Laura não viam um. Mary não gostava mais de ficar lá fora. Laura precisava brincar sozinha e tinha uma sensação estranha em relação à pradaria. Não parecia segura. Era como se escondesse alguma coisa. Às vezes, Laura tinha a sensação de que algo a observava, algo espreitando por suas costas. Ela se virara depressa, mas não havia nada ali.

O senhor Scott e o senhor Edwards, armados, vieram falar com Pa nos campos. Os três conversaram um pouco, depois saíram juntos. Laura ficou chateada que o senhor Edwards não tivesse entrado.

No almoço, Pa disse a Ma que alguns colonos estavam falando em fazer uma paliçada. Laura não sabia o que era aquilo. Pa tinha dito ao senhor Scott e ao senhor Edwards que era uma ideia tola.

– Se precisarmos de uma, vai ser antes que ela seja construída. E a última coisa que devemos fazer é agir como se tivéssemos medo – Pa disse a Ma.

Mary e Laura olharam uma para a outra. Sabiam que não adiantava perguntar nada. Iam lhes dizer de novo que crianças não deviam falar à mesa a menos que falassem com elas. Ou que crianças deveriam ser vistas, e não ouvidas.

Naquela tarde, Laura perguntou a Ma o que era uma paliçada. Ma disse que era algo que levava menininhas a fazer mais perguntas, o que significava que adultos nunca diziam o que era. Mary olhou para Laura como quem dizia: "Não falei?".

Laura não sabia por que Pa havia dito que deviam agir como se não tivessem medo. Ele nunca tinha medo. Laura não queria agir como se tivesse medo, mas tinha. Tinha medo dos índios.

Jack não baixava mais as orelhas nem sorria mais para Laura. Mesmo quando ela fazia carinho nele, ele mantinha as orelhas erguidas, os pelos do pescoço eriçados, os lábios tensos e os dentes à mostra. Seus olhos pareciam furiosos. Ele rosnava mais ferozmente a cada noite, e a cada noite as batidas dos tambores dos índios eram mais rápidas, enquanto os gritos selvagens eram mais altos e mais desenfreados.

No meio da noite, Laura se sentou na cama e gritou. Um som terrível a tinha feito suar frio.

Ma acorreu rapidamente e disse a ela, com delicadeza:

– Silêncio, Laura. Não assuste Carrie.

Laura abraçou Ma, que estava de vestido. Ma não havia ido para a cama, embora a lareira fosse só cinzas e a casa estivesse escura. O luar entrava pela janela. A veneziana estava aberta, e Pa se encontrava olhando pela vidraça, no escuro, com a arma.

Lá fora, os tambores rufavam, e os índios gritavam.

Então o som terrível se repetiu. Laura teve a sensação de que estava caindo. Não tinha a que se aterrar: não havia nada de sólido por perto. Um longo tempo pareceu se passar antes que ela conseguisse enxergar, pensar ou falar.

– O que é isso? – Laura gritou. – O que é isso? Ah, Pa, o que foi isso? Ela tremia toda, sentindo-se mal. Ouvia os tambores rugando e os gritos selvagens, então sentiu que Ma a abraçava.

– É o grito de guerra dos índios, Laura – explicou Pa. Ma soltou um ruidinho baixo em reprovação, mas ele disse a ela: – É melhor que elas saibam, Caroline.

Pa explicou a Laura que era daquela maneira que os índios falavam de guerra. Só estavam conversando a respeito, enquanto dançavam em volta do fogo. Mary e Laura não deviam temer, porque Pa estava ali, Jack estava ali, e havia soldados nos fortes Gibson e Dodge.

– Por isso, não tenham medo, meninas – ele repetiu.

Ofegante, Laura disse:

– Não teremos, Pa.

Mas ela estava morrendo de medo. Mary não conseguiu dizer nada. Estava deitada sob as cobertas, tremendo.

Então Carrie começou a chorar. Ma foi com ela até a cadeira de balanço e começou a embalá-la gentilmente. Laura saiu da cama e ficou aos pés de Ma. Como havia sido deixada sozinha, Mary se levantou e se juntou a elas. Pa permaneceu à janela, atento.

Os tambores pareciam rufar dentro da cabeça de Laura. Pareciam bater no fundo dela. Os gritos selvagens e rápidos eram piores que os lobos. Algo pior estava por vir, Laura sabia. Então veio: o grito de guerra dos índios.

Um pesadelo não seria tão terrível quanto aquela noite. Um pesadelo é só um sonho, e, quando piora, a pessoa acorda. Mas aquilo era real, e Laura não ia acordar. Não tinha como se livrar do que acontecia.

Quando o grito de guerra terminou, Laura soube que ainda não chegara a hora. Ela continuava na casa escura, colada a Ma, que tremia toda. O uivo de Jack terminou em um grunhido soluçante. Carrie voltou a chorar. Pa enxugou a testa e disse:

– Ufa! Nunca ouvi nada do tipo. Como acham que eles aprenderam a fazer isso?

Ninguém respondeu.

– Eles não precisam de armas. Esse grito é o bastante para matar qualquer um de medo. Minha boca está tão seca que eu não seria capaz de assoviar nem para salvar a vida. Traga-me um pouco de água, Laura.

Aquilo fez a menina se sentir melhor. Ela levou a concha cheia de água até Pa, à janela. Ele a pegou e sorriu para Laura, o que a fez se sentir muito melhor. Pa bebeu um pouco, sorriu de novo e disse:

– Pronto! Agora consigo assoviar de novo.

Pa assoviou algumas notas, para provar.

Então ele ouviu, e Laura também, a distância, o pocotó, pocotó, pocotó de um pônei galopando. Cada vez mais próximo.

De um lado da casa, vinham o rufar de tambores e os gritos rápidos e estridentes, enquanto do outro lado vinha o galopar de um cavaleiro solitário.

Ficava cada vez mais perto. Agora, os cascos ressoavam alto. Então passaram por eles. O som do galope começou a ficar mais vago, descendo para a planície do riacho.

Ao luar, Laura viu a traseira de um pônei preto, com um índio montado nele. Ela viu o volume de uma manta, uma cabeça nua e penas esvoaçantes, além do luar refletido no cano de uma arma. Então tudo sumiu. Não restava nada além da pradaria vazia.

Pa disse que não sabia o que aquilo significava. E que aquele era o *osage* que havia tentado falar em francês com ele.

– O que será que está fazendo fora, a esta hora, cavalgando a toda a velocidade? – Pa perguntou.

Ninguém respondeu, porque ninguém sabia.

Os tambores continuavam soando, e os índios continuavam gritando. O terrível grito de guerra veio de novo e de novo.

Pouco a pouco, depois de um longo tempo, os gritos diminuíram em volume e quantidade. Carrie finalmente pegou no sono, chorando. Ma mandou Mary e Laura de volta para a cama.

No dia seguinte, elas não saíram de casa. Pa ficou por ali. Não chegava nenhum som do acampamento indígena. A vasta pradaria se mostrava imóvel. Só o vento soprava por cima da terra preta, sem encontrar grama para balançar, produzindo barulho de água correndo ao passar pela casa.

Naquela noite, o barulho vindo do acampamento indígena foi pior que o da noite anterior. De novo, os gritos de guerra pareciam mais terríveis que o pior dos pesadelos. Laura e Mary ficaram bem junto a Ma, enquanto a pobre Carrie chorava e Pa ficava à janela, com a arma. A noite toda, Jack andava de um lado para o outro, grunhindo e guinchando quando os gritos de guerra vinham.

Foi ficando cada vez pior, na noite seguinte, e na outra, e na outra. Mary e Laura estava tão cansadas que acabaram dormindo mesmo com os tambores rufando e os índios gritando. Mas o grito de guerra sempre as fazia acordar aterrorizadas.

Os dias silenciosos eram ainda piores que as noites. Pa mantinha os olhos e ouvidos atentos o tempo todo. O arado continuava no campo, onde o havia deixado. Pet, Patty, Bunny, a vaca e o bezerro não saíam do estábulo. Mary e Laura não podiam sair de casa. Pa ficava de olho na pradaria, virando a cabeça rapidamente ao menor ruído. Ele mal comia: ficava se levantando e indo lá para fora para dar uma conferida.

Um dia, sua cabeça pendeu para a frente, e ele dormiu à mesa. Ma, Mary e Laura ficaram quietinhas, para deixá-lo dormir. Pa estava muito cansado. Em um minuto, ele acordou com um pulo e disse para Ma, bravo:

– Não me deixe fazer isso de novo!

– Jack estava de guarda – Ma falou, com delicadeza.

Aquela noite foi a pior de todas. Os tambores rufavam mais rápido, e os gritos estavam mais altos e mais ferozes. Por toda a extensão do riacho, gritos de guerra respondiam a gritos de guerra, ecoando pelas escarpas. Não houve descanso. Laura sentia dor em todo o corpo, principalmente nas entranhas.

À janela, Pa disse:

– Eles estão discutindo entre si, Caroline. Talvez acabem guerreando uns contra os outros.

– Ah, Charles, espero que sim! – Ma disse.

Não tiveram um minuto de descanso a noite toda. Pouco antes da alvorada, um último grito de guerra soou, e Laura dormiu, encostada no joelho de Ma.

Ela acordou na cama. Mary dormia ao seu lado. A porta estava aberta, e, a julgar por uma faixa de sol no piso, devia ser quase meio-dia. Ma estava fazendo a comida. Pa estava à porta.

– Tem outro grupo grande indo para o sul – ele disse a Ma.

Laura foi até a porta de camisola e viu uma longa fileira de índios a distância. A fileira despontava na pradaria preta e ia mais para o sul. Montados em seus pôneis, os índios ficavam tão pequenos a distância que não pareciam maiores que formigas.

Pa disse que dois grupos grandes de índios tinham ido para oeste naquela manhã. Agora, aquele estava indo para o sul, o que significava que estavam brigando entre eles. Estavam deixando o acampamento na planície do riacho. Não fariam juntos a grande caça aos búfalos.

Naquela noite, a escuridão chegou em silêncio. Não havia nenhum ruído além do bater do vento.

– Hoje vamos dormir! – Pa disse, e eles de fato dormiram.

Não sonharam a noite toda. Pela manhã, Jack continuava estirado no mesmo lugar onde estava dormindo quando Laura fora para a cama.

A noite seguinte também foi tranquila. Uma vez mais, eles dormiram profundamente. Pela manhã, Pa se sentia totalmente revigorado e decidiu fazer uma breve patrulha ao longo da planície.

Ele prendeu Jack à parede da casa, pegou a arma e sumiu de vista, seguindo o caminho que levava ao riacho.

Laura, Mary e Ma não podiam fazer nada além de esperar que ele voltasse. Ficaram em casa, torcendo para que aquilo acontecesse logo. O sol nunca tinha se movido tão devagar no chão quanto naquele dia.

Pa voltou no fim da tarde. Estava tudo bem. Ele havia subido e descido pelo riacho e visto o acampamento abandonado. Todos os índios tinham ido embora, menos a tribo dos *osages*.

Na floresta, Pa havia encontrado um *osage* com quem pudera se comunicar. O índio lhe dissera que todas as tribos, menos os *osages*, haviam se decidido a matar todos os brancos que haviam chegado em seu território. Estavam se preparando para fazer aquilo quando o índio solitário chegara galopando na reunião.

O índio vinha de tão longe e cavalgava tão depressa porque não queria que matassem os brancos. Era um *osage* também, e o chamavam por um nome que significava que era um grande guerreiro.

"Soldat du Chêne", foi como Pa disse que o chamavam.

– Ele ficou discutindo com os outros dia e noite – Pa contou –, até que todos os *osages* concordaram. Então ele disse às outras tribos que, se começassem um massacre, os *osages* lutariam contra eles.

Era o que explicava tanto barulho naquela última noite terrível. As outras tribos gritavam com os *osages*, que gritavam de volta para elas. Ninguém ousou lutar contra o Soldat du Chêne e todos os seus *osages*, por isso os outros foram embora.

– É um bom índio! – Pa afirmou.

Não importava o que o senhor Scott dissesse, Pa não acreditava que índio bom era índio morto.

Os índios vão embora

Eles tiveram outra longa noite de sono. Era tão bom se deitar e dormir profundamente. Estavam seguros no silêncio. Só as corujas piavam nas árvores ao longo do riacho, enquanto a lua se movia devagar no céu curvo, sobre a pradaria sem fim.

Pela manhã, o sol brilhava, quente. À margem do riacho, os sapos coaxavam. *Rebbet-rebbet!*, eles faziam, à beira da água. *Até o joelho! Até o joelho! É melhor dar a volta!* Desde que Ma lhes ensinara o que os sapos diziam, Mary e Laura eram plenamente capazes de compreendê-los.

A porta estava aberta, para deixar o ar quente da primavera entrar. Depois do café da manhã, Pa saiu, assoviando alegremente. Ia voltar a atrelar Pet e Patty ao arado. De repente, ele parou de assoviar. Estava à porta, olhando para leste.

– Venha aqui, Caroline – ele chamou. – Vocês também, Mary e Laura.

Laura foi a primeira a chegar, e ficou surpresa. Os índios estavam vindo.

E não vinham pelo caminho desde o riacho. Vinham cavalgando da planície mais para leste.

À frente, vinha o índio alto que havia passado pela casa ao luar. Jack rosnava, e o coração de Laura batia acelerado. Ainda bem que estava perto de Pa. Mas sabia que aquele era o bom índio, o chefe *osage* que havia acabado com os terríveis gritos de guerra.

O pônei preto dele vinha trotando por vontade própria, farejando o vento que agitava sua crina e seu rabo tal qual bandeiras. O nariz e a cabeça do animal estavam livres: ele não usava rédea. Não havia quem pudesse obrigá-lo a fazer algo que não queria. Ele continuou trotando pela antiga trilha indígena, como se gostasse de carregar o índio no lombo.

Jack rosnou alto, tentando se soltar da corrente. Lembrava que tinha sido aquele índio que lhe apontara uma arma.

– Quieto, Jack – disse Pa. O cachorro rosnou de novo, e pela primeira vez na vida Pa bateu nele. – Deite! Quieto!

Jack se abaixou e ficou imóvel.

O pônei estava bem perto agora, e o coração de Laura batia cada vez mais rápido. Ela olhou para o mocassim com contas do índios, olhou para a calça com franjas agarrada ao flanco nu do pônei. O índio estava envolto em uma manta colorida. Um braço marrom-avermelhado segurava uma espingarda atrás do pescoço do animal. Laura notou o rosto escuro e ardente do índio, que não se movia.

Ele tinha uma expressão orgulhosa no rosto. Não importava o que acontecesse, permaneceria assim. Nada poderia modificá-la. Seus olhos eram muito vivos, focados no oeste a distância. Não se moviam. Nada se movia ou se alterava, a não ser pelas penas de águia que saíam de seu penteado, no alto da cabeça raspada. Elas balançavam e mergulhavam, agitando-se e girando ao vento, conforme o índio alto montado no pônei preto passava a distância.

– É o próprio Du Chêne – Pa disse, baixo, então ergueu uma mão em cumprimento.

O pônei feliz e o índio impassível passaram direto. Como se a casa e o estábulo, como se Pa, Ma, Mary e Laura não estivessem ali.

Os quatro se viraram devagar para observar o orgulhoso índio de costas. Os outros pôneis, as outras mantas, as outras cabeças raspadas e as outras penas de águia atrapalhavam a visão. Inúmeros outros guerreiros selvagens cavalgavam atrás de Du Chêne. Um rosto moreno depois do outro passava. Crinas e rabos esvoaçavam, contas cintilavam, franjas sacudiam, penas de águia balançavam nas cabeças raspadas. Espingardas apoiadas nas costas dos pôneis eram visíveis em toda a fileira.

Laura gostou dos pôneis. Eram pretos, baios, cinza, castanhos e malhados. Seus cascos diminutos faziam *poc-poc-poc, poc-poc, poc-poc, poc-poc-poc*, ao longo da trilha indígena. Eles abriam as narinas para Jack e esquivavam-se dele, mas seguiam bravamente, voltando os olhos brilhantes para Laura.

– Ah, que pôneis lindos! Viram que pôneis lindos? – ela exclamou, batendo palmas. – Olha só aquele malhado.

Ela achou que nunca ia se cansar de ficar assistindo aos pôneis passando, mas depois de um tempo começou a reparar nas mulheres e nas crianças que elas carregavam. Mulheres e crianças seguiam atrás dos homens. Havia indiozinhos nus, morenos, que não eram maiores que Mary e Laura, montados naqueles belos pôneis, sem rédeas ou selas. Os indiozinhos não usavam roupas. Sua pele ficava toda exposta ao ar fresco e ao sol. Seus cabelos pretos e lisos voavam ao vento, e seus olhos também pretos pareciam brilhar de alegria. Eles ficavam rígidos e sérios nos pôneis, como índios adultos.

Laura ficou olhando para as crianças, que olhavam para ela. Por um momento, desejou ser uma indiazinha. Mas não era sério, claro. Só queria ficar nua ao vento e ao sol, cavalgando naqueles pôneis felizes.

As mães também montavam pôneis. Viam-se franjas em suas pernas e mantas em volta de seu corpo, mas a única coisa que tinham na cabeça era o cabelo preto e liso. O rosto moreno delas era plácido. Algumas carregavam volumes estreitos às costas, de onde despontava a cabeça de um bebê. Alguns bebês e crianças menores seguiam em cestas, que ficavam penduradas nos flancos dos pôneis, ao lado da mãe.

Os pôneis continuaram passando, com mais crianças e mais bebês nas costas da mãe ou nas cestas nos flancos dos pôneis. Laura viu uma mulher montando um pônei com uma cesta de cada lado dele.

Ela olhou diretamente nos olhos brilhantes do bebê que estava mais próximo. Só a cabecinha dele aparecia. Seu cabelo era preto como um corvo, seus olhos eram pretos como a noite sem estrelas.

Aqueles olhos pretos olharam profundamente nos de Laura, que por sua vez olhou profundamente para a escuridão dos olhos do bebê. De repente, Laura o queria.

– Pa – ela disse –, quero aquele indiozinho!

– Xiu, Laura! – o Pa disse, severo.

O bebezinho passava. Virava a cabeça e continuava olhando para Laura.

– Ah, eu quero! Eu quero! – ela implorou. O bebê ia para cada vez mais longe, sem parar de olhar para Laura. – Ele quer ficar comigo. Por favor, Pa, por favor!

– Xiu, Laura – Pa repetiu. – A índia quer ficar com o bebê.

– Ah, Pa! – Laura insistiu, então começou a chorar. Era vergonhoso chorar, mas ela não conseguia evitar. O indiozinho tinha ido embora. Laura sabia que nunca mais o veria.

Ma disse que nunca tinha ouvido falar de algo parecido.

– O que é isso, Laura? – A menina não conseguia parar de chorar.
– Por que alguém ia querer um indiozinho, entre todas as coisas? – Ma perguntou a ela.

– Os olhos dele eram tão pretos – Laura disse, soluçando. Não conseguia explicar direito.

– Você não quer outro bebê, Laura – Ma disse. – Já temos uma bebê, a nossa bebê.

– Quero aquele também! – Laura insistiu, soluçando alto.

– Não consigo acreditar! – Ma exclamou.

– Olhe para os índios, Laura – Pa disse. – Vire para oeste, depois para leste, e veja.

A princípio, Laura mal conseguia enxergar. As lágrimas tomavam seus olhos, e soluços continuavam sacudindo seu corpo. Mas ela obedeceu Pa tanto quanto pôde, e pouco depois estava imóvel. Até onde podia ver a oeste e até onde podia ver a leste, havia índios. A longa fila não tinha fim.

– É um bocado de índios – Pa disse.

Mais deles passavam cavalgando. Carrie ficou cansada de olhar e passou a brincar sozinha no chão. Laura se sentou no degrau, com Pa ao seu lado e Ma e Mary à porta. Eles continuaram olhando enquanto os índios passavam.

Era hora do almoço, mas ninguém pensou em comer. Os pôneis continuavam passando, carregando fardos de peles, mastros de tendas, cestas e panelas. Vieram mais algumas mulheres e crianças nuas. Então o último pônei passou. Pa, Ma, Laura e Mary continuaram à porta, olhando, até que a longa fileira de índios sumisse nos limites do mundo a oeste. Não restou nada além de silêncio e vazio. O mundo todo pareceu muito silencioso e vazio.

Ma disse que não tinha vontade de fazer nada, estava indisposta. Pa lhe disse para ir descansar.

– Você tem que comer alguma coisa, Charles – ela falou.
– Não, não estou com fome.
Ele foi buscar Pet e Patty, para voltar a revolver a terra com o arado. Laura tampouco tinha vontade de comer. Passou um longo tempo sentada no degrau, olhando para o oeste vazio, por onde os índios tinham desaparecido, como se ainda visse as penas balançando ao vento e os olhos pretos, como se ainda ouvisse o som dos cascos dos pôneis.

Soldados

Depois da partida dos índios, a paz se assentou sobre a pradaria. Uma manhã, a terra toda estava verde de novo.

– Como a grama cresceu? – Ma perguntou, deslumbrada. – Tudo estava preto, e de repente não há nada além de grama verde até onde a vista alcança.

O céu estava cheio de formações de patos e gansos voando para o norte. Corvos crocitavam acima das árvores ao longo do riacho. O vento sussurrava contra a grama nova, despertando o cheiro da terra e do que crescia.

Pela manhã, as cotovias-do-prado subiam ao céu, cantando. O dia todo, maçaricos, borrelhos e batuirinhas chilreavam e cantavam na planície do riacho.

Uma noite, Pa, Mary e Laura estavam sentados no degrau da casa, vendo os coelhos brincar na grama, à luz das estrelas. Três mamães pululavam com as orelhas apontadas, assistindo a seus filhotes brincarem.

Durante o dia, todos se mantinham ocupados. Pa arava a terra, enquanto Mary e Laura ajudavam Ma a plantar as primeiras sementes. Com a enxada, Ma abria pequenos buracos nas raízes de grama que o arado revirava, onde Laura e Mary depositavam as sementes com cuidado. Depois Ma voltava a fechá-los. Elas plantaram cebola, cenoura, ervilha, feijão e nabo. Estavam todos felizes, porque a primavera havia chegado, e logo teriam vegetais para comer. Estavam cansados de consumir apenas pão e carne.

Uma noite, Pa chegou do campo antes do pôr do sol e ajudou Ma com as mudas de repolho e batata-doce. Ma tinha plantado as sementes de repolho em uma caixa e mantido dentro de casa. Regara com cuidado e deslocara todo dia para tomar o sol da manhã e da tarde que entrava pelas janelas. Ela havia guardado uma batata-doce do Natal e plantado em outra caixa. As sementes de repolho tinham se transformado em plantinhas verde-acinzentadas, e de cada olho da batata-doce tinham saído uma haste e folhas verdes.

Pa e Ma pegaram cada plantinha com todo o cuidado e acomodaram as raízes confortavelmente nos buracos abertos para ela. Regaram as raízes e pressionaram bem a terra em volta. Escureceu antes que a última planta estivesse em seu lugar, e os dois ficaram bem cansados. Mas também felizes, porque naquele ano teriam repolho e batata-doce.

Todo dia, a família dava uma olhada na horta. Era rústica e cheia de gramíneas, porque tinha sido feita no solo da pradaria revolvido, mas as plantinhas estavam crescendo. Surgiram folhinhas enrugadas de ervilha e hastes de cebola. Viam-se feijões, que hastes amareladas, enroladas como molas, empurravam para cima. Os feijões se abriram, revelando duas folhinhas, que se desdobraram ao sol.

Logo, estariam vivendo como reis.

Toda manhã, Pa partia para o campo, assoviando alegremente. Tinha plantado algumas batatas e reservado outras para plantar depois.

Agora, carregava um saco de milho preso à cintura e, conforme arava a terra, espalhava os grãos nos sulcos. O arado revirava a terra por cima das sementes, mas elas encontrariam seu caminho em meio às raízes, e logo haveria um milharal ali.

Um dia, a família comeria milho fresco nas refeições. No inverno seguinte, Pet e Patty poderiam se alimentar dele.

Uma manhã, Mary e Laura estavam lavando a louça enquanto Ma arrumava as camas. Ela cantarolava sozinha, e as meninas conversavam sobre a horta. O que Laura mais gostava era das ervilhas, enquanto Mary preferia os feijões.

Ma foi até a porta sem dizer nada, e as meninas se colocaram uma de cada lado dela, para espiar.

Pa voltava do campo, com Pet e Patty arrastando o arado atrás delas. O senhor Scott e o senhor Edwards o acompanhavam. O primeiro parecia falar com franqueza.

– Não, Scott! – Pa respondeu. – Não ficarei aqui só para ser tirado pelos soldados, como um fora da lei! Se os malditos políticos de Washington não tivessem mandado notícia de que não havia problema em se estabelecer aqui, eu nunca teria adentrado em mais de cinco quilômetros o território indígena. Mas não vou esperar que os soldados nos levem. Vamos embora agora!

– O que aconteceu, Charles? Aonde vamos? – Ma perguntou.

– Não tenho ideia! Mas estamos indo. Vamos embora daqui! – Pa insistiu. – Scott e Edwards estão dizendo que o governo está mandando soldados para retirar todos os colonos do território indígena.

Seu rosto estava muito vermelho, e seus olhos azuis pegavam fogo. Laura ficou com medo. Nunca tinha visto Pa daquele jeito. Ela se encolheu junto a Ma e ficou parada, olhando para ele.

O senhor Scott fez menção de falar, mas Pa o impediu.

– Poupe saliva, Scott. Não adianta dizer mais nada. Você pode ficar até que os soldados venham, caso queira. Mas eu vou embora agora.

O senhor Edwards disse que também iria. Não seria arrastado para além da fronteira, como um cachorro teimoso.

– Venha para Independence conosco, Edwards – Pa disse.

O senhor Edwards falou que não queria ir para o norte. Construiria um barco e desceria o rio até encontrar um assentamento ao sul.

– É melhor vir conosco e descer por terra pelo Missouri – Pa insistiu. – Seria uma viagem arriscada, um homem sozinho em um barco, descendo o Verdigris em meio às tribos selvagens.

Mas o senhor Edwards disse que já havia visto o Missouri e que tinha bastante pólvora e chumbo.

Então Pa disse ao senhor Scott que ele podia ficar com a vaca e o bezerro.

– Não podemos levá-los conosco. Você foi um bom vizinho, Scott, sinto muito em deixá-lo. Mas vamos partir pela manhã.

Laura ouviu tudo isso, mas não acreditou até ver o senhor Scott levando a vaca, que foi embora mansamente, com uma corda passada pelos chifres longos, enquanto o bezerro pululava mais atrás. Assim se foram o leite e a manteiga.

O senhor Edwards disse que estaria ocupado demais para vê-los outra vez. Ele apertou a mão de Pa e disse:

– Adeus, Ingalls, e boa sorte.

Depois apertou a mão de Ma e disse:

– Adeus, senhora. Não a verei de novo, mas nunca esquecerei sua bondade.

Então ele se virou para Mary e Laura e trocou um aperto de mãos com cada uma, como se elas fossem adultas.

– Adeus – disse.

– Adeus, senhor Edwards – Mary disse, com educação.

Mas Laura se esqueceu de ser educada.

– Ah, senhor Edwards, não queria que fosse embora. Ah, senhor Edwards, muito, muito obrigada por ter ido até Independence para encontrar Papai Noel pela gente.

Os olhos do homem brilharam intensamente. Ele foi embora sem dizer mais nada.

Quando Pa começou a desatrelar Pet e Patty, no meio da manhã, Laura e Mary souberam que era verdade: iam embora dali. Ma não disse nada. Entrou em casa e olhou em volta, para a louça por lavar e a cama apenas parcialmente arrumada, jogou as duas mãos para o alto e se sentou.

Mary e Laura continuaram lavando a louça, tomando cuidado para não fazer barulho. Elas se viraram na hora quando Pa entrou.

Ele já parecia consigo mesmo de novo. Estava carregando um saco de batatas.

– Aí está você, Caroline! – Pa disse, com toda a naturalidade. – Faça bastante comida para o jantar. Estávamos guardando as batatas para plantar, mas agora podemos comer todas!

Eles comeram batatas no almoço. Estavam muito gostosas, e Laura soube que Pa estava certo quando ele disse:

– Não há grande perda sem um pequeno ganho.

Depois de comer, pegou os arcos da carroça, que estavam pendurados no celeiro. Ele encaixou a ponta de cada extremidade na peça de ferro de um lado e do outro da boleia. Quando todos os arcos estavam no lugar, Pa e Ma estenderam a lona sobre eles e a amarraram firme. Então Pa puxou a corda na parte de trás da cobertura, até que ela se fechasse e restasse apenas um buraquinho no meio.

A carroça já estava pronta para ser carregada na manhã seguinte.

Todos estavam quietos naquela noite. Até mesmo Jack sentiu que havia algo de errado e se deitou perto de Laura quando ela foi para a cama.

O tempo estava quente demais para acender a lareira, mas Pa e Ma ficaram sentados diante dela, olhando para as cinzas.

Ma suspirou levemente e disse:

– Um ano inteiro desperdiçado, Charles.

Ele respondeu, animado:

– E o que é um ano? Temos todo o tempo que há.

A partida

No dia seguinte, depois do café da manhã, Pa e Ma carregaram tudo.

Primeiro, toda a roupa de cama foi empilhada e transformada em duas camas, que ficavam empilhadas na parte de trás da carroça, cuidadosamente cobertas por uma bela manta xadrez. Mary, Laura e Carrie seguiriam ali durante o dia. À noite, a cama de cima seria colocada diante da carroça, e Ma e Pa dormiriam nela. Mary e Laura dormiriam na cama de baixo, ali mesmo onde estavam.

Pa tirou um armarinho da parede, que Ma encheu de comida e louça. Pa o colocou debaixo do assento da carroça, atrás de um saco de milho para as éguas.

– Vai ser um bom descanso para nossos pés, Caroline – ele disse a Ma.

Ela guardou toda a roupa em duas bolsas, que Pa pendurou nos arcos, do lado de dentro da carroça. Em frente, ele ainda pendurou a espingarda, com o cartucheiro e o polvorinho embaixo. O estojo da rabeca estava ao pé da cama, onde não sacudiria muito.

Ma embrulhou a frigideira, a panela de ferro e o bule de café em sacos e colocou tudo dentro da carroça, enquanto Pa amarrava a cadeira de balanço e a tina nas laterais externas e o balde de água e o balde dos cavalos na parte de baixo. A lanterna de lata ficou no canto da frente da boleia, mantida no lugar pelo saco de milho.

Agora a carroça estava carregada. A única coisa que não podiam levar era o arado. Não havia jeito, porque não havia espaço para ele. Quando chegassem aonde quer que estivessem indo, Pa conseguiria mais peles e trocaria por outro arado.

Laura e Mary subiram na carroça e se sentaram na cama. Ma colocou Carrie entre elas. Estavam todas recém-lavadas e penteadas. Pa disse que estavam limpas como os dentes de um cachorro, e Ma disse que brilhavam como alfinetes novos.

Então Pa atrelou Pet e Patty à carroça. Ma assumiu seu lugar no assento e segurou as rédeas. De repente, Laura quis ver a casa de novo e perguntou a Pa se ela poderia dar uma olhada. Ele soltou um pouco a corda no fundo da cobertura de lona, de modo que o buraco da parte de trás aumentasse. Laura e Mary agora conseguiam enxergar lá fora, mas a lona ainda ficava fechada o bastante para impedir que Carrie caísse no comedouro.

A aconchegante casa de toras tinha a mesma aparência de sempre. Não parecia saber que eles estavam indo embora. Pa ficou um momento à porta, olhando para dentro. Para a armação da cama, a lareira e os vidros nas janelas. Então fechou a porta com cuidado, deixando do lado de fora o cordão que abria o trinco.

– Alguém pode precisar de abrigo – ele disse.

Pa subiu ao lado de Ma no assento, pegou as rédeas com as duas mãos e dirigiu um comando de voz a Pet e Patty.

Jack foi para baixo da carroça. Pet relinchou para Bunny, que se pôs do lado dela. E assim partiram.

Antes que o caminho descesse para a planície do riacho, Pa parou as éguas, e todos olharam para trás.

Até onde podiam ver, para leste, sul e oeste, nada se movia na vastidão da Alta Pradaria. Apenas a grama verde balançava ao vento, e as nuvens brancas se deslocavam no céu aberto.

– É um excelente lugar, Caroline – Pa disse. – Mas ainda haverá índios selvagens e lobos por um bom tempo por aqui.

A casinha de toras e o pequeno estábulo pareciam solitários na quietude.

Pet e Patty voltaram a avançar, bruscamente. A carroça desceu pelas escarpas até as árvores na planície do riacho. No alto de uma árvore, uma cotovia-do-norte começou a cantar.

– Nunca ouvi uma cotovia-do-norte cantar tão cedo – disse Ma.

– Está se despedindo de nós – disse Pa.

Eles atravessaram as colinas baixas até o riacho. A água estava baixa, de modo que a travessia foi tranquila. Então seguiram em frente pela planície, onde os veados se levantavam para vê-los passar. Uma fêmea se escondeu com seus filhotes na sombra das árvores. A carroça subiu pelas escarpas íngremes de terra avermelhada, e logo estavam de volta à pradaria.

Pet e Patty ficaram felizes com isso. Seus cascos produziam um barulho abafado na planície, mas agora soavam normalmente, no terreno mais duro da pradaria. O vento cantava, estridente, contra os arcos dianteiros da carroça.

Pa e Ma seguiam em silêncio em seu assento, por isso Mary e Laura ficavam em silêncio também. Mas, por dentro, Laura estava animada. Nunca se sabe o que vai acontecer a seguir ou no dia seguinte quando se está viajando em uma carroça coberta.

Ao meio-dia, Pa parou ao lado de uma nascente para que as éguas comessem, bebessem água e descansassem. A nascente logo estaria seca, com o calor do verão, mas tinha bastante água no momento.

Ma pegou pão de milho e carne e todos comeram, sentados na grama, à sombra da carroça. Beberam água da nascente, e Laura e Mary correram um pouco e colheram flores do campo, enquanto Ma guardava as coisas e Pa voltava a atrelar Pet e Patty.

Então, por um bom tempo, eles avançaram pela pradaria. Não havia nada a ver além das gramíneas ao vento, do céu e do caminho que parecia infinito. De vez em quando, coelhos surgiam. Às vezes, um tetraz e os filhotes apareciam e sumiam de vista. Carrie dormia, e Mary e Laura estavam quase pegando no sono quando ouviram Pa dizer:

– Tem algo de errado.

Laura se levantou na hora. A distância, na pradaria, ela notou uma leve protuberância, de cor clara. Não lhe parecia incomum.

– Onde? – Laura perguntou.

– Ali – Pa disse, acenando com a cabeça para a protuberância. – Não está se movendo.

Laura não disse mais nada. Só ficou olhando e percebeu que se tratava de uma carroça, que ia ficando cada vez maior. Não tinha cavalos atrelados a ela. Não havia nenhum movimento em volta. Então ela viu uma silhueta escura à frente da carroça.

Eram duas pessoas sentadas na lingueta, um homem e uma mulher. Estavam sentados, olhando para os próprios pés, e só levantaram a cabeça para olhar quando Pet e Patty pararam diante deles.

– O que aconteceu? Onde estão seus cavalos? – Pa perguntou.

– Não sei – o homem disse. – Eu os amarrei à carroça ontem à noite, mas pela manhã tinham sumido. Alguém cortou as cordas e os levou embora na madrugada.

– E quanto ao cachorro? – Pa disse.

– Não tenho cachorro – o homem falou.

Jack se manteve debaixo da carroça. Não rosnou, tampouco saiu. Era um cachorro sensato, que sabia o que fazer quando deparava com estranhos.

– Bem, então os cavalos se foram – Pa comentou com o homem. – Você nunca vai voltar a vê-los. A forca é pouco para ladrões de cavalo.

– Pois é – disse o homem.

Pa olhou para Ma, que assentiu levemente.

– Venham conosco para Independence – ele disse.

– Não – disse o homem. – Tudo o que temos está nesta carroça. Não vamos deixá-la.

– Mas, homem! O que vão fazer? – Pa perguntou. – Pode ser que passem dias, meses, sem que mais alguém apareça por aqui. Não podem ficar.

– Não sei – disse o homem.

– Vamos ficar com a carroça – insistiu a mulher. Ela olhava para as mãos cruzadas sobre as pernas. Laura não conseguia ver seu rosto, só a lateral da touca.

– É melhor virem – Pa disse a eles. – Depois podem voltar para buscar a carroça.

– Não – a mulher disse.

Eles não queriam deixar a carroça. Tudo o que tinham no mundo estava lá dentro. Pa acabou seguindo adiante, deixando os dois sentados na lingueta, completamente sozinhos na pradaria.

– Novatos! – Pa murmurou para si mesmo. – Tudo o que eles têm, e nem um cachorro de vigia. Ele mesmo não ficou de olho. E amarrou os cavalos com cordas! Novatos! – Pa repetiu. – Não deviam poder ficar sozinhos a oeste do Mississípi!

– Mas, Charles, o que vai acontecer com eles? – Ma perguntou.

– Há soldados em Independence – disse Pa. – Vou falar com o capitão, e ele vai mandar alguns homens para buscá-los. Vão aguentar até lá. Mas foi muita sorte termos passado. Caso contrário, não daria para saber quando seriam encontrados.

Laura ficou olhando para a carroça solitária até que voltasse a ser apenas uma protuberância na pradaria. Depois uma mancha. Então nada.

No restante do dia, Pa seguiu em frente. Não viram mais ninguém.

Quando o sol estava se pondo, pararam perto de um poço. Tinha havido uma casa ali, mas acabara queimada. O poço tinha bastante água, e boa. Laura e Mary recolheram pedacinhos de madeira chamuscada para fazer uma fogueira, enquanto Pa desatrelava as éguas, dava-lhes água e as prendia. Ele tirou o assento da carroça e ergueu o comedouro. O fogo queimou lindamente, e Ma logo fez o jantar.

Era tudo igual a antes de construírem a casa. Pa, Ma e Carrie no assento, Laura e Mary na lingueta da carroça. O jantar foi bom, esquentado na fogueira do acampamento. Pet, Patty e Bunny pastavam, e Laura guardou os restos para Jack, que não devia pedir, mas podia comer sua parte assim que eles terminassem.

Então o sol se pôs no oeste, a distância, e chegou a hora de preparar o acampamento para a noite.

Pa acorrentou Pet e Patty ao comedouro na parte de trás da carroça e Bunny à lateral, depois lhes deu milho. Ele se sentou em frente à fogueira e fumou seu cachimbo, enquanto Ma colocava Mary e Laura na cama, com Carrie junto.

Ela se sentou diante do fogo, ao lado de Pa, que tirou a rabeca do estojo e começou a tocar.

A música era "Ó, Susana, não chores por mim!". Pa começou a cantar também:

*Pois eu fui pra Califórnia
com uma bacia a carregar.
E se pensava em casa,
só queria era voltar.*

Ele parou de cantar para dizer:

– Sabe, Caroline, andei pensando em como os coelhos vão se divertir, comendo da horta que plantamos.

– Não diga isso, Charles – Ma disse.

– Não tem problema, Caroline! Vamos fazer uma horta ainda melhor. De qualquer maneira, estamos saindo do território indígena com mais do que entramos.

– Não sei o que exatamente – Ma disse.

– Ora, a mula! – Pa respondeu, e Ma riu, então ele voltou a tocar.

*No Sul vou me instalar,
vou viver e morrer!
Lá longe, longe, longe,
bem ao Sul vou viver!*

Eles cantaram com uma cadência e um balanço que quase fizeram Laura se levantar da cama. Mas ela tinha que ficar quietinha, para não acordar Carrie. Mary também dormia, mas Laura nunca se sentira tão desperta.

Ela ouviu Jack se ajeitar para dormir, debaixo da carroça. Ele traçava círculos, amassando a grama. Depois deitou encolhido no ninho redondo, com um baque e um suspiro satisfeito.

Pet e Patty terminavam de mastigar o milho, com as correntes sacudindo. Bunny estava deitada ao lado da carroça.

Uma casa na pradaria

Estavam todos juntos, a salvo, confortáveis pela noite, sob o céu amplo, à luz das estrelas. A carroça tinha voltado a ser o lar deles.

A rabeca começou a tocar no ritmo de marcha. Pa cantou, com sua voz clara como um sino grave.

Vamos nos reunir em torno da bandeira, rapazes,
vamos nos reunir uma vez mais,
entoando o grito de guerra da liberdade!

Laura sentiu que deveria gritar também. Ma espiou através do buraco na cobertura da carroça.

– Charles – ela disse –, Laura continua acordada. Não vai dormir com esse tipo de música.

Pa não respondeu, mas a voz da rabeca mudou. Ficou mais suave, arrastada, seguindo um ritmo lento e oscilante que pareceu embalar a menina.

Ela sentiu as pálpebras se fechar. Começou a flutuar nas ondas infinitas das gramíneas da pradaria. A voz de Pa a acompanhava, cantando:

Reme para longe, pelas águas azuis.
Flutuamos em nosso barco antigo.
Reme devagar, meu amor, pelo mar.
Dia e noite, estarei sempre contigo.

Sobre a autora

Laura Ingalls Wilder nasceu em Pepin, Wisconsin em 7 de fevereiro de 1867, filha de Charles Ingalls e de sua esposa Caroline.

Quando Laura ainda era um bebê, seus pais decidiram se mudar para uma fazenda perto de Keytesville, no Missouri, e a família viveu ali por cerca de um ano. Depois mudaram-se para a pradaria ao sul de Independence, no Kansas, onde moraram por dois anos até retornarem para a Grande Floresta para morar na mesma casa que haviam deixado três anos antes.

Dessa vez a família ficou na Grande Floresta por três anos. Foi sobre estes anos que Laura escreveu em seu primeiro livro, *Uma casa na floresta (Little House in the Big Woods)*.

No inverno de 1874, quando Laura estava com sete anos, seus pais decidiram se mudar para o oeste, para Minnesota. Encontraram uma linda fazenda perto de Walnut Grove, nas margens de Plum Creek.

Os dois anos seguintes foram difíceis para os Ingalls. Enxames de gafanhotos devoraram todas as colheitas da região, e o casal não conseguiu pagar todas as suas dívidas. Decidiram então que não tinham mais condições de manter a fazenda em Plum Creek e mudaram-se para Burr Oak, em Iowa.

Depois de um ano em Iowa, a família voltou para Walnut Grove, e o pai de Laura construiu uma casa na cidade e abriu um açougue. Laura estava com dez anos e ajudava os pais trabalhando no restaurante de um hotel local, fazendo bicos de babá e outros pequenos serviços.

A família mudou-se mais uma vez, para a pequena cidade de De Smet no Território de Dakota. Laura estava com doze anos e já tinha morado em pelo menos doze casas. Em De Smet, ela se tornou adulta e conheceu seu marido, Almanzo Wilder.

Laura e Almanzo se casaram em 1885 e a filha deles, Rose, nasceu em dezembro de 1886. Na primavera de 1890, Laura e Almanzo já tinham enfrentado agruras demais para levar adiante a vida na fazenda em Dakota do Sul. A casa deles havia se incendiado em 1889, e seu segundo filho, um menino, morrera antes de completar um mês de idade.

Primeiro, Laura, Almanzo e Rose foram para o leste, para Spring Valley, em Minnesota, morar com a família de Almanzo. Cerca de um ano depois eles se mudaram para o sul da Flórida. Mas Laura não gostou da Flórida e a família voltou para De Smet.

Em 1894, Laura, Almanzo e Rose saíram definitivamente de De Smet e se estabeleceram em Mansfield, no Missouri.

Com cinquenta e poucos anos, Laura começou a escrever suas memórias de infância, e em 1932, quando estava com sessenta e cinco anos, *Uma casa na floresta* foi publicado. O sucesso foi imediato, e Laura foi convidada pelos editores a escrever outros livros sobre sua vida na fronteira.

Laura morreu em 10 de fevereiro de 1957, três dias depois de completar noventa anos, mas o interesse em seus livros continuou a crescer. Desde a primeira publicação, há tantos anos, os livros da coleção Little House foram lidos por milhões de leitores no mundo todo.